大方
sight

Cesare Pavese

DIALOGHI CON LEUCÒ

与琉喀对话

[意]切萨雷·帕韦塞 著

陈英 译

中信出版集团 | 北京

图书在版编目（CIP）数据

与琉喀对话 /（意）切萨雷·帕韦塞著；陈英译.
北京：中信出版社，2025.7. -- ISBN 978-7-5217
-7626-3

Ⅰ. I546.45

中国国家版本馆 CIP 数据核字第 2025T3G605 号

与琉喀对话

著者：　　[意]切萨雷·帕韦塞
译者：　　陈　英
出版发行：中信出版集团股份有限公司
　　　　　（北京市朝阳区东三环北路 27 号嘉铭中心　邮编 100020）
承印者：　河北鹏润印刷有限公司

开本：880mm×1230mm 1/32　　印张：8.5　　字数：108 千字
版次：2025 年 7 月第 1 版　　　　印次：2025 年 7 月第 1 次印刷
书号：ISBN 978-7-5217-7626-3

定价：48.00 元

版权所有·侵权必究
如有印刷、装订问题，本公司负责调换。
服务热线：400-600-8099
投稿邮箱：author@citicpub.com

关于作者[1]

　　许多人认为，切萨雷·帕韦塞是一位现实主义小说家，专门写美国、意大利皮埃蒙特地区的乡村和城郊生活。但在这些"对话"中，会看到他性格的另一面。真正的作家都会经历肆意的生活、低谷，都有隐藏于心的缪斯，这会突然使他成为隐士。帕韦塞回忆起自己上学时的情景，记得每天读的书，还有专注于其中的东西。他不再觉得，图腾与禁忌、野性、植物的灵魂、人祭、神话，以及对死者的崇拜是愚昧的迷信。他试图在其中寻找某种秘密——所有人都记得，并带着一丝厌倦欣赏的东西，并对之报以慵懒的微笑。这些"对话"由此诞生。

---

[1] 这是切萨雷·帕韦塞本人为1947年《与琉喀对话》第一版写的文字，出现在该版前勒口。

前言[1]

如果可能，人们也不需要那么多神话，但我们相信神话是一种语言、一种表达方式，不是随意的东西，而是一个符号的"池塘"。如同所有言语，神话拥有独特的意义，具有其他东西无法取代的本质。当我们重复一个名字、动作或神话奇迹时，我们会用只言片语、几个音节来表达一个简洁、概括性的事实，一个现实的核心，能激活整个激情机制，滋养人类状态以及整个观念系统。如果我们在童年、在上学时就已熟悉这个名字、动作，那就更好了。当神话触动我们熟悉的事物，引发的不安会更真切、强烈。在这里，鉴于希腊神话在民间的流行，还有

---

[1] 这是帕韦塞为《与琉喀对话》写的前言，也见于帕韦塞1946年2月20日的日记。

传统对这些神话的吸收和接受，我们就以它们为主题。我们害怕所有不完整、不规则、偶然出现的东西，在物质层面也是如此，我们要设一个框架，强调一种既定的存在。我们相信，伟大的启示只能源于对同一难题的顽强探索。我们与旅行者、做实验的人、冒险家绝不相同。我们知道，最可靠、最快捷的让我们惊奇的方法就是凝视同一事物。最后我们会觉得，我们从来都没有见过这个事物，这是一个美好、神奇的时刻。

目 录

关于作者   i
前言   iii

云   1
喀迈拉   9
盲者   17
母马   25
花朵   33
野兽   43
海沫   55
母亲   65
朋友   75
道路   85
山   95

悲痛欲绝者	103
狼人	113
客人	121
篝火	129
岛屿	139
湖泊	147
女巫	155
公牛	167
家族	175
阿耳戈英雄	187
葡萄园	197
凡人	205
谜题	213
洪水	223
缪斯	231
诸神	243
附录 1：帕韦塞写作笔记	249
附录 2：帕韦塞生平简表	251

云

伊克西翁[1]因胆大妄为,被打入"塔尔塔罗斯"阴间,这极有可能;然而他和云生下半人马,这可能不是真的,因为他儿子结婚时,半人马已经数目众多。拉庇泰人和半人马都是从提坦的世界中产生的,那时不同物种混杂在一起,经常会产生一些怪物,奥林匹斯众神会与之为敌。

---

[1] 伊克西翁相传是色萨利地区的君主,是拉庇泰人的国王。宙斯为了测试其是否与妻子赫拉不轨,造赫拉的云形幻影涅斐勒。(本书脚注均为译注)

（云和伊克西翁的对话）

云　伊克西翁，有一条律法，我们必须遵守。

伊克西翁　涅斐勒，律法无法企及这里。在这么高的地方，雪原、风暴和黑暗就是律法。晴朗的日子，你轻盈地靠近悬崖，想想就很美好。

云　伊克西翁，有一条律法，以前并不存在。现在，是一只更强大的手把云朵聚集在一起。

伊克西翁　这只手伸不到这里。现在天气晴朗，你也在笑。当天色变暗，狂风呼啸，谁还会在乎那像雨滴一样拍打我们的手呢？在还没有主人的日子，已经是这样了，山上的一切都没有变。我们对此习以为常。

云　山上很多东西都变了。皮利翁山、奥萨山和奥林匹斯山一目了然，在更荒凉的山也能感觉到。

伊克西翁　涅斐勒，山上发生了什么变化？

云　伊克西翁，太阳和水都没变，人类的命运改变了。怪物出现了，你们受到了限制。水、风、悬崖、云不再属于你们，你们再也不能拥抱它们生活、繁衍。伊克西翁，现在世界已经改变了主人，出现了律法。

伊克西翁　什么律法？

云　你已经知道了。你的命运、限制……

伊克西翁　涅斐勒，我的命运掌握在自己手中。有什么东西改变了？这些新主人会阻止我投掷巨石玩耍吗？或者能阻止我下到平原，打断仇人的脊梁吗？难道他们会比疲惫和死亡更可怕？

云　伊克西翁，不是这样。这些都可以做，你还能做其他事。但你不能再和我们这些泉水和高山上的宁芙、风的女儿、大地女神混在一起，命运已经改变了。

伊克西翁　你再也不能……涅斐勒，这是什么意思？

云　意思是说，你原本只是想做这些，却会做出可怕的事。就像一个人想爱抚他的同伴，却扼死了他，或者被他扼死。

伊克西翁　我不明白。你再也不来山上了？你怕我了吗？

云　我会到山上来的，也会去任何地方。伊克西翁，你不能对我做任何事，不能对水和风做任何事情。你必须低下头，只有这样，才能拯救你的命运。

伊克西翁　涅斐勒，你害怕了。

云　我害怕。我看到了高山之巅。伊克西翁，我不是为自己担忧。我不能忍受，我为你们感到担心，你们只是一些凡人。在这些山上，你们曾像主人一样奔跑，我们自由自在，创造出了这些生灵，但现在只要出现一点风吹草动，大家就会颤抖。我们都被一只更强大的手所奴役。水和风的孩子、半人马都躲在峡谷深处，他们知道自己是怪物。

伊克西翁　谁说的？

云 　伊克西翁，别挑衅那只手，这是命运。我见过比他们、比你更胆大的人，掉下悬崖，却没有死去。伊克西翁，尽量理解我说的。死亡是你的勇气，它可能会像财富一样被剥夺，你知道吗？

伊克西翁　你之前已经告诉过我了，这有什么关系？我们会活得更久。

云　你只知道玩耍，不了解那些神。

伊克西翁　涅斐勒，我想认识他们。

云　伊克西翁，你认为，他们的存在和我们一样，就像夜神、大地女神或年老的潘神一样。伊克西翁，你还年轻，但你出生在古老的秩序之下。对你来说，不存在怪物，只有同伴。对你来说，死亡是很自然的事，就像白天和黑夜一样。伊克西翁，你是我们中的一员。你就是你的所作所为，但对神来说，你的一举一动都意味深长，他们从远处用眼睛、鼻孔、嘴唇感知一切。他们是永生的，不能独自生活。你做什么、不做什么，你说什么、追求什么，都会让他们高兴或难过。如果你让他们厌恶，如果你不小心惊动了奥林匹斯山，他们就会降临在你身上，带来死亡。这是他们所知道的死亡，有一种苦涩的滋味，经久不散。

伊克西翁　所以还是可以死去。

云　不，伊克西翁。他们会把你变成一个影子，但这个影子想找回生命，却永远不会死去。

伊克西翁　你见过这些神吗？

云　伊克西翁，我见过他们……你不知道自己在问什么。

伊克西翁　涅斐勒，我也见过他们，他们并不可怕。

云　我就知道，你的命运已经注定。你看见哪位神了？

伊克西翁　我怎么知道？他是个年轻人，光着脚穿过森林。他经过我身边时，一句话也没说，消失在悬崖前。我找了他很久，想问他是谁——

但当时我很震惊，无法挪动脚步。他的身体似乎和你一样。

云　你看到他只有一个人吗？

伊克西翁　后来在梦里，我又看见他和女神在一起，我似乎也和他们在一起，谈笑风生。他们告诉我你所说的一切，但他们并不害怕，没有像你一样颤抖。我们一起谈论命运和死亡。我们谈到奥林匹斯山众神，嘲笑那些可笑的怪物……

云　噢，伊克西翁，伊克西翁啊，你的命运已经注定。现在，你知道山上发生了什么变化。你也变了，你认为自己不再是凡人了。

伊克西翁　涅斐勒，我告诉你，你和他们一样，至少在梦中是一样的，我不应该喜欢他们吗？

云　你疯了，你不能停留在梦中。你会攀附他们，做一些可怕的事，死亡就会降临。

伊克西翁　告诉我所有女神的名字。

云　在梦里看到了他们，对你来说还不够吗？你还把梦当成真的？伊克西翁，我恳求你，不要登上峰顶。想想那些怪物和惩罚吧，天神只会带来这些。

伊克西翁　我昨晚又做了个梦，涅斐勒，你也在梦里。我们和半人马战斗。我有个儿子，他是女神的儿子，但我不知道是哪位女神和我生的儿子。涅斐勒，在我看来，他就像那个穿越森林的年轻人。他甚至比我更强壮，半人马逃走了，这座山是我们的了。涅斐勒，你笑了。你看，即使在梦里，我的命运也能让人接受。

云　你的命运已经注定，你不能肆无忌惮直视那些女神。

伊克西翁　任何女神都不行吗？即使是橡树、山峰的女神？

云　伊克西翁，无论是哪个，都不重要。但别害怕，我会陪你到永远。

喀迈拉

希腊的年轻人热忱于远赴东方追名逐利,也因此丧命。他们英勇无畏,航行在充满着不测的险恶海洋上。这并不是所有人都能应对,此处不用提及他们的姓名。此外,这样的"东征"远远不止七次。如荷马在《伊利亚特》第六卷中讲述的:杀死喀迈拉的英雄晚年遭受忧伤,还有在特洛伊城墙下,他的孙子萨尔珀冬很年轻就战死了。

(希波洛科斯和萨尔珀冬的对话[1])

希波洛科斯　你来了,孩子。

萨尔珀冬　希波洛科斯,我看到你父亲了。他根本不愿回来,他很暴躁,顽固执拗,在荒野游荡,不在意刮风下雨,也不洗澡。他现在完全就像个老乞丐。

希波洛科斯　那些乡下人都怎么看他?

萨尔珀冬　叔叔,阿勒伊昂平原一片荒芜,只有芦苇和沼泽。在克桑托斯,我打听了他的消息,人们都说,已经好些日子没见到他了。

希波洛科斯　那他怎么说?

萨尔珀冬　他已经不记得我们了,也不记得自己的家。他一见到人,就会讲起他和索吕摩斯人的战斗,提到格劳科斯、西西弗,讲他杀死喀迈

---

[1] 据《伊利亚特》,柏勒洛丰杀死怪兽喀迈拉,他是希波洛科斯的父亲、格劳科斯之子、西西弗之孙;柏勒洛丰的孙子包括格劳科斯(与其祖父同名)和萨尔珀冬。

拉的事。他看着我说:"孩子,如果我像你一样年轻,就会投身于大海。"但他震慑不了任何人。"孩子,"他对我说,"你是个正直仁慈的人,我们都是正直仁慈的人。如果想要活得正直仁慈,那就不是生活了。"

希波洛科斯　他真的这样懊悔、抱怨吗?

萨尔珀冬　他讲着那些恐怖骇人的事,还向众神提出挑战。他日日夜夜游荡,一直在诅咒神灵和死者。

希波洛科斯　你是说格劳科斯和西西弗?

萨尔珀冬　他说,他们遭到了背叛和惩罚,为什么要等到他们变老呢?等到他们变得不幸而脆弱,才袭击他们吗?他说:"柏勒洛丰血气方刚时,正直又仁慈,但现在他苍老孤独,众神恰恰在这时抛弃了他?"

希波洛科斯　真是奇怪,为这种事感到惊异,为生者的遭遇去怪罪众神。他总是处于正义的一方,他和那些逝者有什么共同之处呢?

萨尔珀冬　你听我说，希波洛科斯……我也在问这个问题。看着那双迷失的眼睛，我也在想：眼前这个男人，是否就是曾经的柏勒洛丰。你父亲一定遭遇了什么，他不仅仅衰老、悲哀而孤独，你父亲因为杀死喀迈拉而遭罪。

希波洛科斯　萨尔珀冬，你疯了吗？

萨尔珀冬　你父亲谴责众神的不义，因为是他们要他去杀死喀迈拉。"从那天起，"他一遍遍地重复说，"我被那怪物的鲜血染红，不再拥有真正的生活。我四处寻找敌人，征服了亚马逊女战士，屠杀索吕摩斯人，统治吕基亚，建起了一座花园。但这些都算什么？另一个喀迈拉在哪里？我杀死它的强大力量去哪儿了？西西弗、格劳科斯和我父亲都曾年轻正直，后来他们变得衰老，众神便抛弃他们，任他们变得愤怒、自生自灭。面对过喀迈拉的人，怎么能接受死亡呢？"这是你父亲所说的，他曾经是柏勒洛丰。

希波洛科斯　那曾让少年般的塔纳托斯[1]戴上手铐的西西弗，用活人喂马的格劳科斯，我们的族群已经打破了界限。但他们是古代的人，属于那个可怕的时代。喀迈拉是他们见过的最后一个怪物，现在我们的土地满是正义与仁慈。

萨尔珀冬　希波洛科斯，你真这样认为吗？你认为杀掉那只怪物就足够了吗？我们的先人——我可以这样称呼他——应该明白这一点。然而他白发苍苍，像一位被抛弃的神明，在田地和沼泽中漂泊，同那些逝者说话。

希波洛科斯　那他到底在怀念什么呢？

萨尔珀冬　正是现在，他像他的父辈一般，抵达了生命的边界、终点。他怀念那杀死怪物的强大力量，想要格劳科斯和西西弗的骄傲。他们的英勇令他悲痛，他明白悬崖间再无等待他的喀迈拉，于是他向众神发起挑战。

---

[1] 古希腊神话中的死神。

希波洛科斯　萨尔珀冬,我是他的儿子,但我却不懂这些。现在大地变得仁慈,人本应该安宁地老去。在一个年轻人身上,就像萨尔珀冬你——还差不多是个孩子,我明白那种热血沸腾,但只是在年轻人身上。他们为了荣誉而振奋。不要违抗神明。

萨尔珀冬　可他明白什么是年轻人,什么是老人。他见到了其他时光,他看到了众神,就像我们看到了自己。他讲述了一些可怕的事。

希波洛科斯　你能听到他所讲的吗?

萨尔珀冬　啊,希波洛科斯,谁会不愿听呢?柏勒洛丰见识过的事十分稀罕。

希波洛科斯　萨尔珀冬,我明白,我明白,不过那个世界已经过去。我小时候,他也会和我讲述这些。

萨尔珀冬　只是那时他并没有和逝者交谈,讲的也都是童话。可如今,他谈及的命运降临在他身上。

希波洛科斯　他讲了些什么？

萨尔珀冬　都是些你知道的故事。但你不知道那种寒意、迷惘的目光，如同知悉一切，却一无是处的人。那是关于吕底亚的老故事，没有正义与仁慈。你知道关于西勒努斯的故事吗？一位神明将他在塞拉捏山上击败，如同屠夫宰羊般将他杀死，现在那山洞会有水流涌出，如同他的鲜血。还有那个变成石头的母亲的故事：她变成了一道哭泣的悬崖，因为一位女神喜欢用箭一个个射杀她的孩子。还有阿拉克涅，由于雅典娜对她的憎恨，她在恐惧中变成了蜘蛛。这些都是会发生的事，都是神灵的事迹。

希波洛科斯　也说得通。这有什么关系呢？不必思考这些，这些人的命运都已荡然无存。

萨尔珀冬　那急流、悬崖、恐惧依然存在，梦也依然存在。柏勒洛丰每走一步，都会碰到一具尸体，一种仇恨，一摊血，在那个时代一切都会发生，他们并不是在梦中。那时他的臂膀在世界上举足轻重,他也会杀戮。

希波洛科斯　他也同样残酷。

萨尔珀冬　他正直且仁慈。他杀死了喀迈拉,现在他苍老疲惫,众神便将他抛弃。

希波洛科斯　因此,他才在荒野漂泊吗?

萨尔珀冬　他是格劳科斯和西西弗的后裔,他惧怕神灵的无常与残暴,感到自己变得愤怒,他不想死去。"孩子啊,"他对我说,"这就是背叛和捉弄,他们先夺去你所有的力量,接着又因为你只是个凡人而轻视你。如果想要活着,就要停止生活……"

希波洛科斯　他明白这些事,为什么不了结自己呢?

萨尔珀冬　希波洛科斯,没人会了结自己的,死亡是命运,我们只能祝愿它的降临。

盲者

在忒拜城发生的所有故事中,盲人祭司泰瑞西斯是一个不可或缺的人物。在这场对话发生后不久,俄狄浦斯的悲剧就开始上演,他会睁开眼睛,看到真相,并陷入恐慌。

（俄狄浦斯和泰瑞西斯的对话）

俄狄浦斯　年老的泰瑞西斯，我是否应该相信忒拜人所说的：神灵让你的眼睛失明，是出于嫉妒？

泰瑞西斯　假如发生在我们身上的一切都因为他们，那你就应该相信这一点。

俄狄浦斯　你怎么看呢？

泰瑞西斯　关于神灵，我们谈论得太多了。失明很可怜，活着也可怜啊。我总是看到，该发生的不幸总是会发生。

俄狄浦斯　那神灵对我们有什么用呢？

泰瑞西斯　世界比神灵更古老。时间还没出现时，世界就出现了，空间充斥着流血和享乐，那是唯一的神。事物自生自灭，自给自足——现在有了神，一切都变成了语言、暗示和威胁。但神灵会插手、靠近或远离事物。他们不会触及和改变事物，他们出现得太晚了。

俄狄浦斯　作为祭司，你怎么能说这样的话？

泰瑞西斯　如果不知道这些事，那我就不是祭司了。举个例子吧。在夏天的早上，一个男孩在阿索波河水里游泳。男孩从水里出来，又欢快地跃入水中，他一次次跳入水里，但后来出了意外，淹死了。这件事和神有什么关系呢？他的死应归因于神，还是他享受到的快乐应归因于神？这两种情况都不是。事情发生了，不好也不坏，无法言说，后来神灵对这些事做出了定义。

俄狄浦斯　神灵做出定义，对发生的事进行解释。泰瑞西斯，你觉得这不算什么吗？

泰瑞西斯　俄狄浦斯，你太年轻了，像那些神一样年轻，你自己照亮那些事物，对它们命名。你还不知道，大地下面是岩石，蔚蓝的天空是空洞的。对于像我这样眼睛看不见的人，所有事物都只是一种撞击。

俄狄浦斯　但你一辈子都在祈祷神灵。你一直都沉迷于四季、享乐和凡人悲惨的故事。关于你，民间流传着不止一个传奇，就像那些神灵的故事。有些很奇怪、不同寻常，但可能有特殊的含义，就像天上的云朵一样。

泰瑞西斯　我活了很长时间，经历了很多事，我听到的每一个故事，都像是我自己的故事。当你说天上的云朵时，你想说什么？

俄狄浦斯　就是虚空中的某种存在……

泰瑞西斯　你说的有意义的故事是什么？

俄狄浦斯　老泰瑞西斯，你是不是一直都是这副模样？

泰瑞西斯　现在我知道你要说什么了，你想说那两条蛇的故事。以前我做了七年女人，这个故事让你想到了什么？

俄狄浦斯　这是发生在你身上的事，你应该知道。假如没有神，这种事情就不会发生。

泰瑞西斯　你真那么觉得？在人世间，一切都有可能发生，没有任何不同寻常的事。那时候，我对性事非常鄙视、厌恶，我感觉精神、性格、神圣的事会受到性欲的玷污。当时，我看到在苔藓上，两条交尾的蛇缠绕在一起，我觉得很恶心，我无法抑制内心的厌恶，就用棍子触碰了它们。过了没多久，我就变成了女人，有很多年，我不得不忍受屈辱，去做女人。俄狄浦斯，世事如岩石一样。

俄狄浦斯　做女人真的那么屈辱？

泰瑞西斯　一点都不屈辱。要不是因为天神，世间不存在屈辱的事，只有一些厌烦、恶心、幻想。碰到岩石，一切都会化解。这时，性的力量就是岩石，它通过各种变化和形式，无所不在，无时不在。从男人变成女人，或女人变成男人。七年之后，我又重新看到了两条蛇，我变回了男人。我精神上不赞同的事，世界通过暴力或色欲强加给我。我作为傲慢的男人，或屈辱的女人，为了释放自己，我做女人时很放肆，做男人时很卑鄙。我知道关于性事的一切。我最后得到的结论是：男人在寻找男人，女人在寻找女人。

俄狄浦斯　你看，神还是教给了你一些东西。

泰瑞西斯　在性事之上，没有神在管辖。我告诉你，是岩石。很多神都是野兽，但蛇比所有神都要古老。它们潜到土里，这就是你对性的想象，在蛇身上，有生命和死亡。哪个神能理解和展示这么多东西？

俄狄浦斯　但你已经说出来了。

泰瑞西斯　泰瑞西斯很年老，他不是神。他年轻时无视这一事实：性是模糊的，总是会让人误解，是一半呈现出整体的样子。人们做男人，做女人，如鱼得水，但他们会变老，会触及礁石。最后只有一种思想、一个幻想：对方会心满意足。好吧，你不要相信这一点，我知道，对于所有人，性都是白费力气。

俄狄浦斯　你的话很难反驳。你的故事开始于两条蛇，也并非偶然。这个故事也开始于对性事的

　　　　　　反感和厌恶。一个健全的男人，他发誓不厌恶性事，你会对他说什么呢？

泰瑞西斯　我会说，他还不是一个健全的男人，他只是个孩子。

俄狄浦斯　泰瑞西斯，我也会这样说，我在忒拜的大路上遇到了一些人。在这些会面中，有一次我们谈论了人——从童年到死亡——我们也触到了石头。从那天开始，我成为一个丈夫、父亲和忒拜的国王。对于我，我的日子，没有任何东西是模糊、枉然的。

泰瑞西斯　俄狄浦斯，你不是唯一一个相信这一点的人。但是，我们不是通过语言触及石头的，希望天神会保佑你。我很老了，我要告诉你的是：只有盲人才懂得什么是黑暗。我感觉自己生活在时间之外，好像经历了所有事，我再也不相信日子。在我心里，有些东西在享受，在流血。

俄狄浦斯　你说的这些是神。我的好泰瑞西斯，你为什么不试着祈求他们呢？

泰瑞西斯　每个人都会求神，但发生的事无法言说。那个在夏日早晨被淹死的男孩，关于神灵，他知道什么呢？他的祈祷能得到什么？生命的每一天，都有一条大蛇藏在那里，看着我们。俄狄浦斯，你有没有想过，为什么那些不幸的人在老去时会失明。

俄狄浦斯　我祈求天神，让我躲过这厄运。

母马

关于赫耳墨斯,这个游移于阳世和冥府、性欲与精神、提坦神和奥林匹斯神之间,身份暧昧的神,我们在此就不谈论他的所作所为了。但善良的医药之神——阿斯克勒庇俄斯,他从那可怕的、变形的众神世界里出来,这意味着什么,这很值得一说。

（赫耳墨斯和半人马喀戎的对话）

赫耳墨斯　喀戎，神请你抚养这个孩子。你已经知道，美丽的科洛尼斯已经死去。神用永生的双手从火焰里，从她的肚子里，取出了这个孩子。我被叫去时，那具可悲的凡人身体在燃烧——她的头发像麦秸一样烧着了。但她的魂魄没有等我，而是一下跃入冥府之中。

喀戎　她死的时候，变成一匹小马了吗？

赫耳墨斯　我想是的。但火焰和你们的鬃毛太像了，我来不及看清楚。我当时要抓住这个婴儿，把他带到这上面来。

喀戎　小婴儿，也许你待在火里会更好。除了凡人悲哀的肉身，你没有继承你母亲的任何东西，你是一道耀眼但很残酷的光之子。你将来会生活在一个充满痛苦、苍白的阴魂世界里，有腐烂的肉体、叹息、发烧——所有这一切都来自光明神。造就你的光，将无情地扫视整个世界，无论在任何地方，都将向你展示事物的悲哀、伤痛和卑劣。蛇会守护着你。

赫耳墨斯　当然，如果连蛇都来到了阳光下，那么昨日的世界就已经不复存在了。但告诉我，你知道她为什么死去吗？

喀戎　赫耳墨斯，从狄迪莫斯到佩利昂，我们再也看不到她在芦苇和悬崖间欢快跳跃。你来就够了，语言就是血。

赫耳墨斯　喀戎，请你相信，我像你们一样哀悼她。但我向你发誓，我不知道神为什么要杀了她。在我的拉里萨，有人说，在洞穴里，树林里，有野兽般的会面……

喀戎　这又有什么？我们都是野兽。赫耳墨斯，偏偏是你，在拉里萨，你像一头公牛，在时间的源头，当时在沼泽的泥潭里，你和世上所有还没有成型的、流血的生命结合，你倒觉得惊异了？

赫耳墨斯　喀戎，那时候很遥远，现在我生活在地下，或者在路口。我看见你们像磐石一样，从山上下来，跃过水潭和峡谷，相互追逐、叫喊、玩耍。我明白你们的蹄子、天性，但你们并不是从开始就这样。你长着男人的手臂和胸膛，还有，你们和人类一样大笑，她被杀死，还有与神的爱，现在为她痛哭的女伴——都是不同的东西。如果我没记错的话，就连你母亲也受到一位神的喜爱。

喀戎 那确实是另一个时代。在山顶上。之前的神为了爱她，会变成一匹公马。

赫耳墨斯 那么，告诉我，为什么美丽的科洛尼斯，她在葡萄园里漫步，和光明神嬉戏，以至于最后神杀了她，并焚烧了尸体？

喀戎 赫耳墨斯，在一夜大风之后，你从拉里萨看到过多少次，奥林匹斯山矗立在天空中？

赫耳墨斯 我不仅看到，有时还会爬上山。

喀戎 以前，我们经过一道道山坡，也在那里驰骋。

赫耳墨斯　好吧，你们应该回去。

喀戎　科洛尼斯回到了那里。

赫耳墨斯　这句话是什么意思？

喀戎　我想说，那就是死亡。那里住着新主人——已经不像老克洛诺斯，或他老父亲那样的主人。我们也不像在之前的日子，快乐没有界限，我们在事物之间跳跃，我们就是事物本身。那时，野兽和泥潭，都是人类和神相遇的地方。山、马、树、云、泉，所有一切都在阳光之下。那时谁能死去？什么是野兽般的？如果我们和神都拥有兽性。

赫耳墨斯　喀戎，你有女儿，她们可以是女人，也可以是母马。你为什么抱怨呢？这里你们有山川、平原和四季。为了让你们舒适，也不缺少人的住所，你们有木屋和村庄，在山谷口，你们有马厩、灶火，那些悲哀的凡人会讲你们的故事，随时都欢迎你们。你不觉得这些新主人统治世界，难道不是更好了吗？

喀戎　你是他们的一员，你在捍卫着他们。你之前充满了各种疯狂的热望，现在你带领苍白的阴魂到地下。凡人如果不是后来的阴魂，他们还能是什么？我很乐意想到，那婴孩的母亲独自跃入了冥府：她死去时，找到了自己。

赫耳墨斯　现在我知道她为什么死了，她去了那些山坡上，爱上那位神，因为爱怀了这个儿子。你说，那位神很无情，但你可以说，她——科洛尼斯把那些野兽般的欲望，那让她出生的、血液中的无形冲动，留在了身后的泥潭里？

喀戎　当然不是。你想说什么？

赫耳墨斯　忒萨利亚的新神，他们可以为很多事微笑，但是唯有一件事情，他们不能笑：你要相信我，因为我看到过命运。每一次，混沌在日光下蔓延，在他们的日光下，他们就会刺穿、毁掉一切重来。因此，科洛尼斯死了。

喀戎　但他们不能再造一个她。我说得对，奥林匹斯山就是死亡。

赫耳墨斯　虽然如此，但光明神爱她。假如他不是神，一定会为她哭泣。他取走了这个婴孩。很高兴托付给你。他知道，只有你能让这个孩子成为一个真正的男人。

喀戎　我已经告诉你，会有什么样的命运等着他。在那些凡人家里，他会成为阿斯克勒庇俄斯，会成为人身体的主宰，半人半神。他会生活在叹息和病体中间。那些人为了逃过命运，为了拖延死亡——一刻钟或一晚，会期望他的帮助。这个孩子，会在生死之间度过一生。就像你之前像公牛，现在只是亡灵的向导一样。这就是奥林匹斯众神给地上的人的命运。

赫耳墨斯　对于凡人来说，难道这结局不好吗？不像之前那样会沦为野兽或树木，变成哞哞叫的牛、在地上爬的蛇，变成永恒的石头，或者哭泣的泉水？

喀戎　如果是奥林匹斯众神的天下，那当然了。但这些事情会过去的。

花朵

毋庸置疑，发生的一切温柔而残忍。厄洛斯和塔纳托斯用一种悲悯的语气谈及此事，但这无法让我们对这位年轻神灵产生厌恶，因为他是光明之神——阿波罗。

（厄洛斯和塔纳托斯的对话）

厄洛斯　塔纳托斯，你是否预料到这个结果？

塔纳托斯　奥林匹斯山上的诸神，什么事都做得出来。但我没想到，故事会是这样的结局。

厄洛斯　幸运的是，凡人把这叫作意外。

塔纳托斯　这不是第一次意外，也不会是最后一次。

厄洛斯　然而，雅辛托斯还是死了，他的姐妹为他哭泣。他的鲜血枉然喷溅到花朵上，鲜花开满了埃夫罗塔斯河的山谷。塔纳托斯，春天来了，但那位少年已经消失了。

塔纳托斯　神灵所到之处，总是会开出花朵。但其他时候，至少还有逃离、借口或冒犯。凡人不愿让神靠近，他们有时会亵渎神灵，就像发生在达芙妮、利诺斯和阿克特翁身上的事。但雅辛托斯只是个少年，崇拜着他的神，安然度日。他像任何少年一样，和他的神嬉戏。他激动又惊讶。厄洛斯，你对此最清楚不过了。

厄洛斯　凡人都说，这是一场意外。没有人会想到，阿波罗的铁饼通常不会虚掷。

塔纳托斯　我只看到了阿波罗的笑容、拧起的眉头，铁饼飞了出去，他看着它落下。他向太阳的方向抛出了铁饼，雅辛托斯抬起双眼，举起了双手，太阳太耀眼了，他等着它落下。厄洛斯，铁饼砸在了他的额头上。这是为什么呢？你最清楚不过了。

厄洛斯　塔纳托斯，我该跟你怎么说呢？我不能为这一时的任性而心软。神灵靠近凡人时，总是会发生残忍的事，这你也晓得。你自己也提到了达芙妮、阿克特翁。

塔纳托斯　那么，这次又是什么情况呢？

厄洛斯　我告诉过你了，这只是一时任性。阿波罗想游戏人间，他来到凡人中间，看到了雅辛托斯。阿波罗在阿米克莱住了六天，这六天让雅辛托斯的内心发生了变化，也让大地焕然一新。后来，神灵有了离开的念头，雅辛托斯慌乱地看着他，于是铁饼就落在了他的额头上……

塔纳托斯　谁知道会发生这样的事……阿波罗也只能流泪了。

厄洛斯　不，阿波罗不知道什么是眼泪。只有我们知道，我们这些神灵、鬼怪和孩童，奥林匹斯山还是一片荒芜时，我们就已经存在了。我们看到了很多事，甚至看到了树木和岩石的眼泪。阿波罗不一样。对他来说，六天或凡人的一生，根本不算什么。没有人比雅辛托斯更清楚这一点了。

塔纳托斯　你真的认为，雅辛托斯明白这些事情吗？他真的明白，对他来说，这位神灵不仅仅是一个榜样、可敬的长者、值得信赖的兄长吗？我只看到他在比赛中伸出手，脸上只有信任和惊异。雅辛托斯并不知道阿波罗是谁。

厄洛斯　塔纳托斯，一切都有可能。也许，那个年轻人根本不知道利诺斯、达芙妮的故事。他什么时候停止惊慌，开始心怀信任，这都很难说。但可以肯定的是，他确实怀着不安的激情，度过了六天的时光。

塔纳托斯　你认为，他心里动了什么念头呢？

厄洛斯　每个年轻人都会有的念头。但这次，那些思想和行为的对象超出了这位少年的承受力。不管是在角力场，在房间里，还是在埃夫罗塔斯河畔，他一直陪在那位客人身侧，和他交谈，听他讲话。他听着提洛岛、德尔斐、泰丰、色萨利和希柏里尔的故事。这位神灵脸上带着平静的微笑，讲述那些故事，就像是一位徒步朝圣者，所有人都认为他已经死了时，他却经历各种历练归来。可以肯定的是，这位神灵从不会提及奥林匹斯山、其他诸神还有神圣的事物。他讲述着自己、他姐姐，也会讲到美惠三女神，就像在讲述精彩又熟悉的家庭生活。有时候，他们也会一起聆听夜晚留宿于此的流浪诗人吟诵。

塔纳托斯　这没什么不好。

厄洛斯　是啊，没什么不好，雅辛托斯从那些交谈中得到安慰。那位来自提洛岛的神灵，有一双无法用言语形容的眼睛，他用平静的语气提到了很多世事。雅辛托斯明白，这些事说不定有一天也会发生在自己身上。这位神灵也会谈到雅辛托斯，还有他的命运。阿米克莱琐碎的生活，对他来说很熟悉，也很明了。他做着计划，他像对待同龄人一样对待雅辛托斯，他们的关系是平等的。而阿格莱亚、欧律诺墨、奥克索这些遥远的名字，属于那些面带微笑的年轻女人，她们和这位神一同生活过，亲密无间。现在，他用充满漠视的语气，平静地谈论着她们，带着一点慵懒，这让雅辛托斯感到震颤。这就是那个少年的处境。在神灵面前，所有事情都很清楚，很容易掌控。雅辛托斯觉得自己无所不能。

塔纳托斯　我还认识其他凡人。他们比雅辛托斯更
　　　有经验、智慧、力量。所有人都毁于这种无所
　　　不能的欲望。

厄洛斯　我亲爱的塔纳托斯啊，雅辛托斯的眼里只
　　　有希望，他渴望变得像这位客人一样。太阳神
　　　从他的眼里读懂了那种急切——这是他点燃
　　　的激情。这时，他已经在少年的双眼和卷发里，
　　　看到了被鲜血染红的花朵，那是雅辛托斯的命
　　　运。他没有想到言语，也没有想到眼泪。他为
　　　一朵花而来，这朵花美妙绝伦，让他感到熟悉，
　　　就像对美惠三女神的记忆一样。他不紧不慢地
　　　造出了这朵花。

塔纳托斯　这些神灵凶猛而残酷。我在想，奥林匹
　　　斯诸神对命运的摆布能到什么地步。也许，为
　　　所欲为会毁掉他们。

厄洛斯　这谁又能说得准呢？从混沌开始，我们便
　　　只能看到鲜血——人类、怪物和神灵的鲜血。
　　　一切从鲜血中开始，也在鲜血里死亡结束。你

觉得自己是怎么出生的呢？

塔纳托斯　有出生，必然要有死亡，这是人类都知道的事，但奥林匹斯众神不知道，他们把这个道理遗忘了。他们是永生的，但这个世界在流逝。他们自在，而不是存在。他们每次一时兴起，都是一道致命的铁律。为了创造一朵花，会毁掉一个人。

厄洛斯　塔纳托斯，你说得没错。难道我们不考虑雅辛托斯的想法吗？那种不安的希望带给他死亡，也让他重生。这是一个稚气未脱的少年，沉浸于自己的世界，他是阿米克莱的儿子，这位谦逊的国王统治着一片并不辽阔的土地。如果雅辛托斯没有遇到提洛岛的客人，他会成为什么人呢？

塔纳托斯　厄洛斯，他只是凡人中的一位。

厄洛斯　这我知道。我还知道，命运无法逃脱。但一时任性并不能激起我的同情。雅辛托斯在阳光下生活了六天，他享受了极致的喜乐，拥有仓促痛苦的结局。这结局，连奥林匹斯众神和其他神灵都不曾预料到。塔纳托斯啊，你还在为他奢求什么呢？

塔纳托斯　至少，阿波罗该像我们一样，为他流泪。

厄洛斯　塔纳托斯啊，你奢求太多了。

野兽

我们确信,阿尔忒弥斯和恩底弥翁之间,没有肉体关系,但这并不排除他们俩中缺乏力量的一方会渴望流血。那处女神——野兽的主人,她沉浸在一片密林里,那里充满着地中海可怕、难以描述的母辈女神——她并不柔和的性情众所周知。另一件大家都知道的事是:一个想要睡觉但无法入眠的人,他会像一直做梦的人一样,经历那个故事。

（恩底弥翁和一个异乡人的对话）

恩底弥翁　路人，你听我说。我可以对一个异乡人说这些话。你不要因我像疯子一样的眼睛而感到害怕。你包脚的破布，像我的眼睛一样难看。你看起来像个精明能干的男人，如果你愿意，你可以选择一个村子定居，你会受到庇护，会有房子和工作。但我确信，如果你在流浪，那是因为除了命运你一无所有。你在黎明时分走在路上，因此你一定喜欢那些刚从黑暗中浮现出来，还没有任何人触碰的东西，你喜欢保持清醒。你看到那座山了吗？那是拉特摩斯山。我在夜里登上去过很多次，那时候很黑，我在山上的榉树间等待黎明。虽然我觉得，我从来都没有触碰到那座山。

异乡人　谁又能说，自己触碰到了所经过的地方？

恩底弥翁　我有时候觉得我们就像风，会不知不觉

　　　　中经过一个地方。或者，就像睡觉的人做的梦。
　　　　异乡人，你喜欢在白天睡觉吗？

异乡人　我随时随地都会睡觉，我困了，就会睡过去。

恩底弥翁　你在大路上浪迹，有没有在梦中听到风声、鸟叫，还有水潭的声息？你有没有觉得，在睡觉时，你从来都不是一个人？

异乡人　我的朋友，我真不知道那种感觉。我一直一个人生活。

恩底弥翁　唉，异乡人，我在梦中也得不到安宁。我觉得自己一直在睡觉，但我知道那不是真的。

异乡人　我觉得你是个强壮、成熟的男人。

恩底弥翁　异乡人，我的确很强壮。我经历过醉后的睡眠，在女人身畔的沉睡，但所有这些都对我没有用。在床上，我一直在侧耳倾听，总是准备一跃而起，我的眼睛——这双眼睛，就像那些凝视黑暗的眼睛。我感觉自己一直都是这么生活的。

异乡人　你失去谁了吗?

恩底弥翁　谁?噢,异乡人,你不觉得我们是凡人吗?

异乡人　有什么亲人去世了吗?

恩底弥翁　异乡人,没有人去世。我登上拉特摩斯山,就已经不是个凡人了。不要看我的眼睛,这不重要。我知道,我没有在做梦,我很久都无法入睡。你能看见悬崖上那些榉树吗?昨天夜里,我就在那里等着她。

异乡人　谁会去那里?

恩底弥翁　我们不提她的名字,我们不提。她没有名字,或有很多名字,我知道。凡人兄弟,你知道什么是森林的恐惧吗?夜晚,林中空地在眼前展开。也许你并不知道。你有没有在夜晚回想过一片林中的空地?那是你白天看到的、经过的。那里有你看见过的、在风中摇曳的一朵花、一颗果子,那果子、花朵是荒野里致命、原始、无法触碰的东西。你明白这种感觉吗?
一朵花就像一只野兽?兄弟,你有没有带着恐
惧和欲望,看着一只母狼、一只雌鹿或者一条
蛇的本性?

异乡人　你说的是,那些活生生的野兽的性欲?

恩底弥翁　是的,但还不止这一些。你有没有认识
集这一切于一身的女人?她把这些都带在身
上,她的每个动作,你对她的每个想法,都包
含着无数东西:属于你的土地和天空,你说过
的话、回忆,那些你所不知道的过去的日子、
未来的日子,你确信的事,还有你没能拥有的
另一片土地、天空。

异乡人　我听说过。

恩底弥翁　哦,异乡人,这个人是不是野兽?野生
的东西?无法触及的自然?没有名字?

异乡人　你说的这些很可怕。

恩底弥翁　但不止这些,你应该听我说完。如果走
在四处的路上,你应该知道,大地上全是神圣、

可怕的东西。如果我跟你说这些，那是因为作为旅人和陌生人，我们也有点神性。

异乡人　当然了，我看到了很多事，有些非常可怕，但不需要去远方。如果对你有用，我想告诉你，那些神灵知道壁炉顶的道路。

恩底弥翁　无论如何，你知道这一点，可以相信我。有一天晚上，我在拉特摩斯山上睡觉。那时是夜晚，我逛得有些晚了，我靠着一棵树坐在那里睡着了。我在月光下醒来——在梦中，我想到自己身处林中空地，忍不住打了个寒战——这时，我看到她了。我看到她在看我，眼睛有点儿斜，很坚定的目光，透亮的大眼睛。我那时还不知道，第二天也不知道，但我已经属于她了，被她的眼睛俘获，被她的所在、林中的空地，还有山丘俘获。她用一个默默的微笑向我打招呼，我说："夫人。"她皱起了眉头，像一个有点儿狂野的姑娘，就像她已经明白，她让我惊异。我称她为"夫人"，其实内心也很震惊。之后,那种惊异一直存在于我们之间。

噢,异乡人。她叫出了我的名字,来到了我的跟前。她的袍子到膝盖那里,她伸出手,抚摸了一下我的头发。她在抚摸时,几乎有些犹豫,她露出了一个微笑,一个难以置信、致命的微笑。我当时要拜倒在地了——我想着她所有的名字——但她让我站住了,就像扶住一个孩子,她的手握住了我的下巴。你看我高大健壮,她很高傲,那双眼睛很突出。她是个消瘦、充满野性的姑娘,但我在她面前就像个小孩。"你永远都不应该醒来。"她对我说,"你不应该有任何举动。我还会来找你。"她最后走向了林中空地。

那天夜里,我走过了整个拉特摩斯山,一直到黎明。我跟着月亮,走过了所有的峡谷、树林和山顶。我侧耳细听,现在,我耳朵里还全是她的声音,就像海水一样涌入,有些沙哑、冰冷、母性。每一阵窸窣的声音、每个影子都让我停留。那些野生动物，我只隐隐约约看见它们跑开的影子。天光变亮时，那是一种青色的、有些雾蒙蒙的光，我从高处看着脚下的平原，还有我们走着的这条路。异乡人，我当时明白了，我永远也不可能生活在人们中间，我再也不是他们中的一员。我等待着夜晚的到来。

异乡人　恩底弥翁，你讲的都是些难以置信的事。难以置信在于：毫无疑问，你回到山上，无论你如何活着，一直在行走，那个有很多名字的夫人——那个充满野性的女人，也没有让你成为她的人。

恩底弥翁　异乡人，我属于她。

异乡人　我想说……你不知道那个故事吗？那个被狗撕裂的牧羊人，那个因为鲁莽变成鹿的男人[1]……？

1　指阿克泰翁的故事，因为看到狩猎女神阿尔忒弥斯沐浴，被女神变成一只鹿，被自己的猎狗咬死。

恩底弥翁　哦，异乡人，我知道所有关于她的故事。因为我们聊过，说了很多话，所有夜晚，我假装睡觉，一直在睡觉。我没有抚摸她的手，就像我们不会去抚摸一只母狮子，抚摸水潭里绿色的水，或我们心中最在意的东西。你听我说。她在我面前，是个消瘦的姑娘，她不微笑，只是看着我。她的眼睛很大，很透亮，看过其他的东西。这双眼睛依然能看到其他东西，属于它们的东西。在这双眼睛里有浆果、野兽，有叫喊、死亡，还有残酷的石化。我知道那些倾洒的鲜血、被撕裂的肉、贪婪的土地、孤独。对于她——一个充满野性的女人，这是孤独。她的抚摸，就像一个人抚摸一只狗，或一棵树。但是异乡人，她看着我，看着我，那短袍子里是一个消瘦的姑娘，可能像你在村子里看到过的姑娘。

异乡人　恩底弥翁，关于你作为凡人的生活，你们没有谈论过吗？

恩底弥翁　异乡人，你知道那些可怕的事，你不知道，野性和神性会抹去凡人吗？

异乡人　我知道，登上拉特摩斯山，你不再是凡人。但那些神仙都喜欢独自待着，你不想要孤独，你寻找野兽的性欲。你在她面前假装睡觉。你问她要了什么？

恩底弥翁　让她再微笑一次。这一次，成为洒在她面前的血，她口中的肉。

异乡人　她对你说了什么？

恩底弥翁　她什么都没有说。在黎明时分，她看着我，留下我一个人。我在榉树林中找她，白日的阳光刺痛了我的眼睛。她对我说："你永远都不要醒来。"

异乡人　噢，凡人，哪天你真的醒来，你会明白，她为什么没对你微笑。

恩底弥翁　我一直都知道。异乡人，你像神一样在说话。

异乡人　神圣、可怕的事在大地上发生，我们走在大路上。你自己也这么说。

恩底弥翁　哦，飘荡的神，她的温柔就像黎明，让大地和天空显露出来。她就是神灵。但对于其他人，对那些野兽，这充满野性的女人很少微笑，她有一道会带来毁灭的指令。没有任何人抚摸过她的腿。

异乡人　恩底弥翁啊，接受你凡人的心。没有神，没有人抚摸过她。她的声音沙哑、母性，那是这位充满野性的女人可以给你的一切。

恩底弥翁　虽然如此……

异乡人　如何？

恩底弥翁　如果那座山丘存在，那我在睡梦中，永远不会有安宁。

异乡人　恩底弥翁，每个人都有自己的睡梦。你的睡梦是无尽的声音和叫喊，是大地、天空、日子。鼓起勇气进入睡梦，你们没有其他福祉。荒野的孤独属于你，你要爱那种孤独，就像她一样。恩底弥翁，现在我要走了。你今夜会见到她。

恩底弥翁　行走的神啊,感谢你。

异乡人　再见。你不应该再醒来,记住了。

海沫

卡利马科斯向我们讲述克里特岛，还有米诺斯的宁芙——布里托玛耳提斯的故事。萨福是莱斯沃斯岛的同性恋者，这让人不快，但更让我们难过的是她对生活的不满，这让她决绝一跃，跳进希腊的海中。这片大海满是阳光，从海浪中诞生的阿弗洛狄忒，走向最东边的岛屿塞浦路斯岛。这片海见证了很多爱情和冒险。这里，是否该提到阿里阿德涅、淮德拉、安德洛玛刻、赫勒、斯库拉、伊俄、卡珊德拉，还有美狄亚这些人呢？她们都穿过了这片海，不止一个人留了下来。这不禁让人想到，这片海水充满了精液和眼泪。

（萨福和布里托玛耳提斯的对话）

萨福　布里托玛耳提斯啊，这里的生活真是太单调了。这片海总是一成不变。你在这里待了这么久，难道不感到厌倦吗？

布里托玛耳提斯　我知道，你更乐意你还是凡人的时候。变成海浪和泡沫，对你来说不够。你要寻找死亡——凡人的死亡。你又为什么要寻死呢？

萨福　我没料到，结局会是这样。我那时坚信，只要最后一跃，一切就会结束。所有欲望、不安、纷扰都会得以平息。我想，大海会淹没和毁灭一切。

布里托玛耳提斯　一切都会在大海里消逝，然后重生。现在你该明白了。

萨福　那么你呢？布里托玛耳提斯，你是宁芙，为什么要寻找大海？

布里托玛耳提斯　我并没有寻找大海。我生活在山上，被一个不知名的凡人追赶，在月亮下一路奔逃。萨福，你不知道，我们的树林很高，笔直矗立在海面上。我纵身一跃是为了自救。

萨福　你为什么要自救呢？

布里托玛耳提斯　因为我要逃离他，要做自己。萨福，我必须这么做。

萨福　必须这么做？所以，那个凡人使你厌恶？

布里托玛耳提斯　我不知道，我没看到他。我只知道要逃离。

萨福　这可能吗？舍弃那些日子，离开山脉、草原、大地，变成海沫，这都是因为你必须这么做吗？你为什么这样做？你感受不到欲望吗？难道不该有欲望吗？

布里托玛耳提斯　美丽的萨福啊，我不明白你的意思。欲望和不安让你成为自己，而你却在指责我像你一样逃离了。

萨福　你那时并不是凡人，你知道一切都难以逃脱。

布里托玛耳提斯　萨福，我没有逃避欲望。我已经拥有了我渴望的东西。从前，我是悬崖边的宁芙，现在我是海里的宁芙，欲望是我们的一部分。我们的生活里只有树叶、树干、泉水和海沫。我们蜻蜓点水，掠过那些事。我们不逃避，我们在改变。这就是我们的欲望和命运。我们唯一的恐惧是被男人占有、阻拦。这就是结局。你知道卡吕普索吗？

萨福　我听说过她。

布里托玛耳提斯　卡吕普索被一个男人拦了下来。对她来说，一切都不再有意义了。年复一年，她再也没从山洞里出来过。所有宁芙都来了：琉喀忒亚、吕西阿娜、库摩多刻、俄瑞堤伊亚，连安菲特里忒也来了，她们和卡吕普索谈心，想将她带在身边，挽救她。可是需要很多年，才能把那个男人抹去。

萨福　我理解卡吕普索，但我不明白，她从你们那里听到了什么？淡去的欲望是什么？

布里托玛耳提斯　萨福啊，凡人的海浪，你永远都不知道什么是微笑吗？

萨福　我活着时知道，但我选择了死亡。

布里托玛耳提斯　萨福啊，那不是微笑。微笑是像海浪或树叶一样生活，接受命运的安排；以一种形态死去，又以另一种形态重生；微笑是接纳，接纳自己，接受命运。

萨福　所以，你接受了命运的安排？

布里托玛耳提斯　萨福，我逃离了。这对我们来说更容易一些。

萨福　布里托玛耳提斯，我也逃离了命运，那时我深谙逃离。我的逃离是看着那些事物和纷扰，写一首诗、一句话，但命运却是另一回事。

布里托玛耳提斯　为什么呢？萨福，命运是快乐的啊！你吟诵诗歌时，一定很幸福。

萨福　布里托玛耳提斯，我从来都没感到过幸福。欲望可不是诗歌，欲望会燃烧，会带来毁灭，像蛇一样，像风一样。

布里托玛耳提斯　那些平静地生活在欲望和纷扰里的女人，你从来没遇到过吗？

萨福　没有……也许遇到过……但绝不是像萨福一样的凡人。你那时还是山上的宁芙，而我还没有出生。有个女人越过了这片大海，那是凡人，总是生活在纷扰里，也许她很平静。一个会带来杀戮和毁灭，让人疯狂的女人，她就像女神，总是能保护自己。也许她也不会微笑。她很美，但并不愚笨，围绕她的只有死亡和战斗。布里托玛耳提斯，那些人战斗、死去，只为了和她的名字放在一起，即使只是一瞬间，她用名字主宰着所有人的生死。他们为她展开笑容……你知道她的，她是海伦——勒达的女儿。

布里托玛耳提斯　那么，她是否幸福呢？

萨福　可以肯定的是，她没有逃离。她很满足，她不会去探究自己的命运。那些渴望得到她、足够强大的人会将她带走。有十年时间，她一直追随着一位英雄,后来她被人夺走,嫁给了另一个人,但这个人也没保住她。为了争夺她,很多人加入战斗,战场从一片海域蔓延到另一片海域。最后,有人得到了她,他们开始平静地生活,直到她被埋葬。在阴间,她又遇到了其他男人。她从不对任何人说谎,也不会向谁微笑。也许她很幸福。

布里托玛耳提斯　那么,你嫉妒她吗?

萨福　我不嫉妒任何人,我想死亡。成为另一个人,对我来说是不够的。如果不能做萨福,我情愿什么都不是。

布里托玛耳提斯　所以你接受了命运的安排?

萨福　我不会接受。我就是命运。没人会接受命运。

布里托玛耳提斯　我们例外,我们会微笑。

萨福　这真是伟大的力量。微笑也是你们命运的一部分。不过,这意味着什么呢?

布里托玛耳提斯　接受自己,接受别人。

萨福　你想说什么？难道要接受把你劫持的力量，接受自己变成欲望，这沸腾的欲望，围绕着一具身体，一个女人或者男人，像礁石间的海沫？即使这具身体回绝你，让你粉碎、下沉，你也要拥抱着礁石，接受它吗？或者你本身是礁石，那些海沫、纷扰就在你脚底。没人能获得平静，永远都不能。我们要接受这一切吗？

布里托玛耳提斯　我们需要接受。你也曾经想逃离，你也是海沫。

萨福　可是，你感受到这片大海的烦扰和不安了吗？这里的一切都在沸腾，片刻也得不到安宁。就连那些死去的一切，也在不安地挣扎。

布里托玛耳提斯　你应该了解这片海。你也来自一座岛屿，不是吗？

萨福　布里托玛耳提斯啊，这片海在我孩提时便让我惊恐。这种无休无止的生活单调而悲哀，没有任何语言能表达这种烦闷。

布里托玛耳提斯　在我的岛屿上，我曾经目睹过无数凡人到来、离开。萨福，他们中有像你一样为爱而生的女人。我从不觉得她们难过或疲惫。

萨福　布里托玛耳提斯啊，我知道，这我都知道。可是你知道她们后来的人生旅途吗？有个女人在异国他乡的房间悬梁自尽；有个女人被遗弃，清晨在礁石上醒来；还有其他女人，来自不同岛屿、不同土地的女人，她们来到海里，有的成为奴仆，有的受尽折磨，有的杀了自己的孩子，有的日夜为生活所迫，有的再也触不到土地，变成大海的所属，成了一头海兽。

布里托玛耳提斯　但是，如你所说，海伦安然无恙地出来了。

萨福　她引起战火和杀戮，从不向任何人微笑，也不对任何人说谎。是啊，她配得上这片海。布里托玛耳提斯，你要记住，谁在这片海上诞生。

布里托玛耳提斯　你指的是谁？

萨福　还有一座岛屿,你从未见过。当清晨来临时,它总是首先沐浴到阳光。

布里托玛耳提斯　萨福啊。

萨福　在那里,那个没有名字的神灵,从海沫里出现,她带着不安和痛苦,独自微笑。

布里托玛耳提斯　可是,她无须忍受折磨,她是个伟大的女神。

萨福　所有在大海里忍受折磨、苦苦挣扎的,其实都是她的身体和呼吸。布里托玛耳提斯,你看到她了吗?

布里托玛耳提斯　萨福啊,不要再说了。我只是个小宁芙罢了。

萨福　那么,你该是看到了……

布里托玛耳提斯　她一出现,我们都要逃走。孩子,别再说了。

母亲

墨勒阿革洛斯[1]的生命和一块燃烧过的柴火相连,那是他出生时,母亲从火里取出来的。墨勒阿革洛斯后来杀死了想要夺取他野猪皮的舅舅,强横的母亲在一气之下,把那根柴火扔进了大火里,让他化为灰烬。

---

1 古希腊神话英雄,发起狩猎祸害一方的怪兽"卡吕冬野猪"。两位舅舅抢夺野猪皮,墨勒阿革洛斯为复仇将其杀死,母亲在悲痛中将与墨勒阿革洛斯有生命关联的柴火扔入火中。

（墨勒阿革洛斯和赫耳墨斯的对话）

墨勒阿革洛斯　赫耳墨斯，我像一块木头一样燃烧起来了。

赫耳墨斯　你是不是没怎么受罪？

墨勒阿革洛斯　但之前的激情、痛苦更糟糕。

赫耳墨斯　墨勒阿革洛斯，你听我说。你已经死了，那些火焰、燃烧都是过去的事了。你比当时燃烧时产生的烟气更轻盈，几乎成为虚无。接受你的命运吧。对于你来说，世间的事：清晨、夜晚和这些村庄，已经失去了意义。你看看周围吧。

墨勒阿革洛斯　我什么也看不到，我不在乎。我现在仍是一块柴火……关于这人世的村庄，你刚才说了什么？哦，赫耳墨斯，你作为天神，这世界当然很美，虽然不同，但很甜美。赫耳墨斯，你有自己的眼睛，但是我——墨勒阿革洛斯，是个猎人，是猎人的孩子，我一直没走出我的密林。我生活在灶火前，出生时，命运已经注定，我的生命就在我母亲取出的那块柴火里。我只熟悉几个同伴、野兽、我母亲。

赫耳墨斯　你觉得，其他人会熟悉更多东西吗？

墨勒阿革洛斯　我不知道。但我听人说过，在山丘、河流那边，人们在自由生活。我听说有人漂洋过海，那些群岛上，他们遇到怪物和神，我听说过那些比我更强壮、更年轻的男人的故事，他们背负着奇怪的命运。

赫耳墨斯　墨勒阿革洛斯，他们都有母亲，都要背负辛劳。因为某种激情，都有一场死亡在等待着他们。没有人是自己的主人，他们也没有别的可能。

墨勒阿革洛斯　母亲……没有人认识我母亲。命在母亲手里，感觉自己在燃烧，那双眼睛在注视着火焰，没有人知道这意味着什么。在我出生的那天，为什么她要把那根柴从火里取出来，为什么不让它化为灰烬？我应该长大，成为墨勒阿革洛斯，哭泣、玩耍、打猎。我看到四季更迭，见到冬天，成为男人。但我一直知道那件事，心里一直有这个负担，在她的脸上，看到我日常的命运。这是一种折磨，相比而言，敌人算不了什么。

赫耳墨斯　你们这些凡人，真是太奇怪了。你们为自己知道的事感到惊异。很显然，敌人算不了什么，这就像每个人都有一个母亲，知道自己的性命在她手中，为什么会难以接受？

墨勒阿革洛斯　赫耳墨斯，我们猎人有个约定。登山时，我们会相互帮助——每个人的性命都在别人手中，我们不会背叛同伴。

赫耳墨斯　真笨啊，会背叛的只有同伴……但我说的不是这个。我们的命总是在一根柴火里，那是母亲从火里抽取的，你们生活在火焰里。你们的激情，仍然是母亲的激情。你们除了是她的血肉，还能是什么？

墨勒阿革洛斯　赫耳墨斯，需要见过她的眼睛，在童年时,见过她的眼睛,熟悉那双眼,感觉你走的每一步,任何举动都在她的注视下。一天天,一年年,那双眼睛会变老,会死去。你会为之痛苦、难过,会担心冒犯它们。这样你就可以理解,为什么那双眼睛盯着火焰,看到那根柴火,这会让我难以接受。

赫耳墨斯　墨勒阿革洛斯,你知道这些,这有什么惊异的?那双眼睛会变老、死去,这意味着你长大成人了。你会冒犯它们,在别处寻找另一双更真实、鲜活的眼睛。如果你找到这双眼睛——墨勒阿革洛斯,总是能找到的——它们依然属于母亲。你这时已经不知道和谁在打交道,你几乎很满意,但你要知道,她们——年老和年轻的女人,她们知道这一点。没有人能躲过在火中出生时已经注定的命运。

墨勒阿革洛斯　赫耳墨斯,有没有和我同命运的人?

赫耳墨斯　墨勒阿革洛斯,所有人的命运都一样。

因为某种激情,每个人都在等待死亡。在每个人的血肉里,都涌动着母亲。说真的,很多人都很怯懦,比你怯懦。

墨勒阿革洛斯　赫耳墨斯,我并不怯懦。

赫耳墨斯　我对你说话,就像对幽灵说话,而不是对着凡人说话。人在意识不到时,会很勇敢。

墨勒阿革洛斯　如果看看四周,我并不怯懦。我现在知道很多事。但我不觉得她——那个年轻女人,会知道那双眼睛。

赫耳墨斯　她不知道。她就是那双眼睛。

墨勒阿革洛斯　噢,阿塔兰忒[1],我在想,她是否会成为母亲,可以注视火焰。

赫耳墨斯　你是否记得她说过的话,就是你们杀死野猪的夜晚。

墨勒阿革洛斯　那个夜晚,就是我们立约的夜晚。赫耳墨斯,我没有忘记。阿塔兰忒怒气冲冲,

---

[1] 参与过狩猎卡吕冬野猪的女英雄,墨勒阿革洛斯将猪皮赠她,引发墨勒阿革洛斯舅舅的争夺。

因为我让那只野兽逃向了雪原。她用斧子打了一下我的肩膀。我只是感觉，她轻轻碰了我一下，但我比她更愤怒，叫喊着说："阿塔兰忒，回家去吧，和女人们一起待着，这里不是女孩子任性的地方。"那天晚上，野猪被杀死了，阿塔兰忒和我走在同伴中间，她把斧子给了我，那是她在雪原上找到的。那天夜里，我们立下了约定：我们一起打猎时，其中一个不能带武器，避免有人因一时愤怒攻击对方。

赫耳墨斯　阿塔兰忒对你说了什么？

墨勒阿革洛斯　赫耳墨斯，我没有忘记。"噢，阿尔泰亚之子，"她说，"野猪皮将会铺在我们的婚床上。那将像是以你的——还有我的鲜血为代价。"她微笑了，算是请求原谅。

赫耳墨斯　墨勒阿革洛斯，没有任何凡人可以想到他母亲小时候的样子。一个女人跟你说这些话，她一定有注视火焰的勇气，你不觉得吗？老阿尔泰亚杀死你，也是因为一场血债。

墨勒阿革洛斯　噢,赫耳墨斯,这都是我的命运。但也一定有一些凡人,他们尽情过自己的日子,他们的命并不握在别人手里……

赫耳墨斯　你认识这样的凡人吗?如果能那样生活,那就是神了。怯懦的人会逃避生活,会把头埋起来,但是这样的人,身体里也流着母亲的血,仇恨、激情、愤怒会在他的心里燃起。在生命的有些夜晚,他会感觉到自己在燃烧。说真的,不是所有人。但你们凡人为此而死。墨勒阿革洛斯,相信我,你很幸运。

墨勒阿革洛斯　但我没能见到我的孩子……我几乎不熟悉我的婚床……

赫耳墨斯　你很幸运。你的孩子不会出生,你的床空荡荡的。你的同伴会去打猎,就像你不在的时候。你是一个幽灵,是空无。

墨勒阿革洛斯　那阿塔兰忒呢?

赫耳墨斯　家里空荡荡的,就像天黑了,你们打猎还没回来。阿塔兰忒让你报仇,但她没有死去。

两个女人现在生活在一起,她们没有话说,只是看着灶火:你杀死了你母亲的弟弟,你在那里成为灰烬。也许她们并不相互仇恨,她们太了解彼此,但没有男人,女人什么都不是。

墨勒阿革洛斯　那她们为什么会杀死我们?

赫耳墨斯　墨勒阿革洛斯,你问她们为什么生下你们。

朋友

无须提到荷马史诗中的描述,这里只想展示一场对话,那是在帕特洛克罗斯死去的前夜展开的。

（阿喀琉斯与帕特洛克罗斯的对话[1]）

阿喀琉斯　帕特洛克罗斯啊，凡人失去勇气，自我鼓舞时，为什么总是说："我见过比这更糟糕的！"而不说："更糟糕的还在后面，总有一天我们都会死去！"

帕特洛克罗斯　阿喀琉斯，你变得我都快不认识了。

阿喀琉斯　可我了解你啊。要放倒帕特洛克罗斯，凭这一点酒可不够。今晚我总算知道，我们和卑贱的凡人并无差别。对所有人来说，总会发生更糟糕的事。它会在最后一刻，会在一切发生后到来，像一撮土盖上你的嘴。"我见过这些事，遭受了那些罪。"这句话听上去不错，可我们恰恰无法记住最痛苦的事，这公平吗？

帕特洛克罗斯　至少，我们俩一个人能为另一个人

---

[1] 在荷马史诗中，两人是童年起的朋友。帕特洛克罗斯在特洛伊战争中战死。

　　　　记住对他来说是最痛苦的事。希望如此吧。这样我们就可以游戏命运。

阿喀琉斯　　正因为如此，人们会在夜里喝酒。你有没有想过，小孩子从不喝酒，是因为对他们来说，死亡并不存在？帕特洛克罗斯，小时候，你有没有喝过酒？

帕特洛克罗斯　　我做过的所有事，都是和你在一起啊。

阿喀琉斯　　我是说，从前我们总是在一起，一起玩耍、打猎。白天很短，但一年其实过得很慢。那时你知道什么是死亡吗？你知不知道你会死去？孩子会残杀生命，可他们不知道什么是死亡。直到某一天，在某个瞬间，这些孩子突然明白，死亡在于他们深处，从那时起，他们就成人了。他们战斗、玩耍、喝酒、百无聊赖地度过夜晚。你见过喝醉的孩子吗？

帕特洛克罗斯　　我在想，我第一次喝醉是什么时候。我不知道，不记得了。我记得，我好像一直都在喝酒,并不懂什么是死亡。

阿喀琉斯　你像个孩子一样,帕特洛克罗斯。

帕特洛克罗斯　问问你的敌人吧,看我到底知不知道死亡,阿喀琉斯。

阿喀琉斯　我会问他们的。对你来说,死亡并不存在。不畏惧死亡的战士不是好战士。

帕特洛克罗斯　今夜,我还在和你喝酒。

阿喀琉斯　阿喀琉斯,你不记得了吗?你从不说"我做过这些,见识过那些事"。你想想你到底做过什么?你的生活是什么,你在大地上、在大海上留下了什么?如果不记得自己做过什么,那生命有什么意义呢?

帕特洛克罗斯　阿喀琉斯,我们小时候,什么也不用记住,只要一直在一起就够了。

阿喀琉斯　我在想:在色萨利,是否还有人记得那时发生的事。这场战争开始以来,有些战友回到了那里,有人走过那些道路,不知道有没有人记得,从前我们也在那里。那时我们还是孩子，现在一定也有其他孩子在那里玩耍。那些孩子会长大，他们知不知道等待他们的是什么？

帕特洛克罗斯　孩子不会考虑这些问题。

阿喀琉斯　未来还有很多日子，我们看不到了。

帕特洛克罗斯　我们见到的事难道还不够多吗？

阿喀琉斯　不，帕特洛克罗斯，我们看到的并不多。有一天我们都会死去。一撮土将盖上我们的嘴唇，我们也不再记得经历过的事。

帕特洛克罗斯　想这些也没用啊。

阿喀琉斯　人无法不去想。人在孩提时代，就像神灵一样，他们看一看，笑一笑。他们不知道要付出的代价，他们不懂苦难与遗憾。他们在游戏、战斗，像死人一样跌在土里，之后他们笑着起来，又开始玩耍。

帕特洛克罗斯　我们还有其他游戏。性爱、战利品、敌人，还有今夜我们一起喝的酒。阿喀琉斯，我们什么时候才能回到战场上？

阿喀琉斯　我们会回去的，这是肯定的。命运在等待着我们，你看见船烧起来，那就是我们作战的时候。

帕特洛克罗斯　会到这个地步吗？

阿喀琉斯　怎么了？你害怕了吗？你没见过更糟糕的吗？

帕特洛克罗斯　这让我很焦躁。我们来这里，就是为了尽快打完这场仗。但愿这场战争明天就能结束。

阿喀琉斯　不用着急，帕特洛克罗斯，让诸神去说"明天"吧。只有对他们来说，那些发生过的会重来。

帕特洛克罗斯　可是，会不会发生更糟糕的事，这取决于我们。直到最后一刻。喝酒吧，阿喀琉斯，为长矛与盾牌干杯。那些发生过的会再次发生，我们会再次遇险。

阿喀琉斯　帕特洛克罗斯，我为凡人与诸神干杯。为我父亲与母亲干杯，为那些发生过的、仍存留在记忆里的事干杯,为我们俩干杯。

帕特洛克罗斯　你记得很多事吗?

阿喀琉斯　并不比女人或乞丐记得多,他们也曾是孩子。

帕特洛克罗斯　阿喀琉斯,你很富有,但你视金钱如粪土。只有你可以说自己像乞丐一样。你曾举起泰涅多斯岛[1]的岩石攻击敌人,曾撕碎亚马逊女王的战袍,曾在山上与熊搏斗。有哪个婴儿像你一样,被母亲放在火中煅烧呢?阿喀琉斯啊,你是剑,是矛!

阿喀琉斯　除了在火里,其他时候,你一直和我在一起。

帕特洛克罗斯　就像影子伴着云朵,就像忒修斯和皮里托奥斯。阿喀琉斯,也许有一天,你也会来冥界解救我。也许我们也会遇到那样的事。

阿喀琉斯　没有死亡的日子更好。我们在树林里奔

---

[1] 希腊名,即博兹贾岛。

跑，在溪水里洗去汗水，那时我们还是孩子，每个手势、行动都是游戏。在不知不觉中，一切变成了回忆。我们有勇气吗？我不知道。这不重要。我知道半人马在山上，有夏天，有冬天，有完整的一生，我们就是神灵。

帕特洛克罗斯　可后来事情变糟了，危险与死亡降临，我们成了战士。

阿喀琉斯　没人逃得开命运。我还没见到我儿子，我妻子得伊达弥亚也死了。为什么我没留在岛上，生活在一堆女人中间？

帕特洛克罗斯　阿喀琉斯，你的回忆多么匮乏啊！你喜欢当孩子，受苦总比没有来过要好吧。

阿喀琉斯　谁告诉你，生活就是这样？……噢，帕特洛克罗斯，就是这样。我们应该看到更糟糕的事。

帕特洛克罗斯　明天我就要回到战场，我和你一起。

阿喀琉斯　明天还不是我上战场的日子。

帕特洛克罗斯　　那我一个人去。为了让你羞愧，我会带上你的长矛。

阿喀琉斯　　他们砍掉白蜡树时，我还未出生，我想看看那片空地。

帕特洛克罗斯　　到战场上来吧，你就会看到你想看的空地。许多敌人，许多树桩。

阿喀琉斯　　船还没烧起来。

帕特洛克罗斯　　我将穿上你的铠甲，带上你的盾牌。你将在我的怀抱里，没有什么能伤到我，我好像在游戏。

阿喀琉斯　　你真是个喝酒的孩子啊。

帕特洛克罗斯　　阿喀琉斯，你和半人马赛跑时，不会回忆。那时你和今夜一样，像个神灵。

阿喀琉斯　　只有神知晓命运，并经历命运，可你在拿命运开玩笑。

帕特洛克罗斯　　继续喝酒吧。也许明天，也许在冥界，我们也会聊起今晚。

道路

所有人都知道,俄狄浦斯战胜了斯芬克斯,娶了伊俄卡斯忒。他质问当年在喀泰戎山上救了他的牧羊人,他知道了自己的身份。弑父娶母的神谕应验了。俄狄浦斯因恐惧刺瞎了自己的双眼,他离开了忒拜城,在漂泊中死去。

（俄狄浦斯和一个乞丐的对话）

俄狄浦斯　朋友，我和其他人不同。我生来是为了统治你们，但我遭受了命运审判。我在山间长大，看见一座山、一座塔，或在尘世间行走，看到一座远方的城市，都使我激动不已。可我当时并不知道，我在追随自己的命运。如今我什么也看不见了，群山对我来说仅仅是辛劳。我做的每件事都是命中注定的，你明白吗？

乞丐　俄狄浦斯，我老了，我看到过各种各样的命运。可你相信吗，其他人——即便是仆人、驼背或跛子，也不愿像你一样，做过忒拜的国王。

俄狄浦斯　朋友，理解我吧。我的命运不是失去了什么。衰老与疾病都不能吓倒我。我想要跌得更深，想要失去一切，这才是寻常的命运。我不想做俄狄浦斯，不想混混沌沌做一个统治者。

乞丐　我不明白。你得感谢自己,你曾经做过忒拜的国王,你能吃饱喝足,躺在床上睡觉。而那些死去的人,他们更糟。

俄狄浦斯　我想说的不是这个。以前的事让我很痛心,那时我什么也不是,我本可以做个普通人,像其他人一样。可我没有,因为命运在作梗,让我去了忒拜城,恰好杀了那位老人,有了那些孩子。一个人做了他还未出生就已经注定的事,这值得吗?

乞丐　值得啊,俄狄浦斯。碰到什么就是什么,默默承受吧。其他都是诸神的事。

俄狄浦斯　我生命中并没有神。发生在我身上的事,比神更残酷。我曾像其他人一样一无所知,试图做好一切,试图在流逝的日子中,寻找一些秘密的快乐,在夜里获得一丝慰藉,期冀明天会更好。不敬神灵的人,也会拥有这种快乐。诸多怀疑、各种声音和威胁伴随着我。最初那仅仅是一道神谕,是恶毒的言语,我希望自己能逃脱。那些年我就像一个逃亡者,总是回头看背后。我只敢相信自己的想法,片刻的安宁,忽然的惊醒。我总是小心翼翼,等待危险的到来。可我还是没能躲过神谕,就在那些片刻,命运降临了。

乞丐　但是,俄狄浦斯,对所有人来说,事情就是这样。这就是命运。当然了,你所经历的事情比其他人更残酷。

俄狄浦斯　不,你不明白,你没明白,我要说的不是这个。我希望命运更残酷,我愿意做一个肮脏卑鄙的小人:我希望我所做的事是我想做的,而不是这样受罪,而不是做了我做的那些事。如果在出生前,你血液中最隐秘的欲望已经存在,一切也都被告知,那么俄狄浦斯是什么,我们所有人又是什么呢?

乞丐　俄狄浦斯啊,也许你也度过了一些快乐的日子。我说的不是你破解斯芬克斯的谜语,整个忒拜为你欢呼;也不是你第一个孩子降生时,你坐在宫殿中,听着众人的建议。好吧,你不能再想着这些了。可你也过了普通人的生活啊!你也年轻过,看过这个世界,你也笑过,嬉戏过,不失智慧地谈论过一些事情。你也享受过,比如清醒和休息,你也走过很多路。现在你失明了,好吧。可你也看到过其他日子。

俄狄浦斯　如果我否认这一点,那就是疯子。我的命很长。可我想再次告诉你:我生来是要做国王的。对于发烧的人,再甜美的果子,也只会让他厌烦、恶心。高烧是我的命运——完成那些已知的事,让我陷入终年的恐惧与厌恶。我知道——一直都知道,我就像一只关在笼子里的松鼠,以为自己在向上爬,其实是笼子在滚动。我在想:俄狄浦斯是谁?

乞丐　俄狄浦斯是一位真正伟大的国王——你可以这么说。我曾在大路上,在忒拜的城门口听见人们谈起你。有人离开家,游遍维奥蒂亚,去看大海,就是为了获得和你一样的命运,他们甚至去了德尔斐神庙请求神谕。你看，你的命运是如此不同，也改变了其他人的命运。如果一个人生活在村子里，有一门手艺，每天做同样的事情，有着寻常的子女，过着寻常的节日，和他父亲得了一样的病，在同样的年纪死去，这样的人该说些什么呢？

俄狄浦斯　我和其他人不同，这我知道。可我也知道：即便是仆人或傻子，如果他们知晓自己的命运，也会厌恶自己寥寥的快乐。那些可怜人在追寻我的命运，也许他们逃脱了自己的命运？

乞丐　俄狄浦斯啊，生活很大。我——现在和你交谈的人，也曾是他们中的一员。我离开了家乡，穿越了整个希腊，去了德尔斐神庙，去了海边。我渴望会有奇遇，获得财富，也渴望破解斯芬克斯之谜。据我所知，你在忒拜城的王宫里过得快乐。那时我很强壮。如果我没有找到斯芬克斯，任何神谕都与我无关，我也喜欢自己的生活。你就是我的神谕。你彻底改变了我的命运。乞讨或者为王，那有什么关系呢？我们俩都经历过人生。把其他事情交给诸神吧。

俄狄浦斯　你永远不会知道，你做的是不是你想要的……当然，自由的道路有着凡人的特点，属于凡人独一无二的气息，它曲折迂回的孤独，如同藏在我们心灵深处的痛苦。这痛苦像是一丝慰藉，闷热后的一场雨——寂静无声，像是从内心深处喷涌出来的。命运喧嚣过后，真正属于我们的可能只有这份疲惫与平静。

乞丐　总有一天，我们都不在了，俄狄浦斯。因此内心深处的愿望、血液，还有苏醒，都像来自虚空。我想说，你想逃脱命运的念头，也是命运的一部分。我们无法决定命运。重要的是知晓神谕，按照那些旨意认真活着。

俄狄浦斯　朋友啊，如果你说的是还在探索命运的人，我同意你说的。你很幸运，从未抵达终点。可总有一天，你会回到喀泰戎山，不会再想这些。对你来说,这座山就是另一个童年,你每天看着它,也许你还会爬上去。然后一个人告诉你:你出生在那里。对你来说,一切都会坍塌瓦解。

乞丐　俄狄浦斯啊,我明白。可我们每个人都有一座童年的大山啊。人无论漂泊得多远,始终在这座山中的小路上。在那里,我们成了现在的样子。

俄狄浦斯　朋友啊,谈论是一回事,经历又是另一回事。当然啦,谈论这些事,我们内心会获得一些平静。谈论就像日日夜夜、漫无目的、随心所欲的闲逛,可不像那些碰运气的年轻人。你谈论了很多,也经历了很多。你真的想成为国王吗?

乞丐　谁知道呢?可以肯定的是,我要发生改变。人在寻找一样东西时,找到的往往是其他东西。这也是命运。交谈有助于让我们找到自己。

俄狄浦斯　你有家人，有朋友吗？我觉得没有吧。

乞丐　要是有的话，我就不是我了。

俄狄浦斯　想要理解身边的人，就必须远离他们。这真奇怪。我们与陌生人偶然的交谈反而最真实。噢，我应该这样活着，俄狄浦斯双眼明亮时，应该生活在福基斯和地峡的路边。我不应该爬上高山，不应该听神谕。

乞丐　你忘了你说过的话，你至少说过一次。

俄狄浦斯　朋友，哪次啊？

乞丐　你在十字路口碰见斯芬克斯的那次。

山

世界诞生之后，在提坦时代到处是人类、怪物和神灵，那时那些主神还没有聚集到奥林匹斯山。有些人认为，那时也只有怪物，或是披着野兽外皮的畸形智者。由此产生了一些猜想，那些杀死怪兽的人——赫拉克勒斯首当其冲——其实都是骨肉相残。

（赫拉克勒斯和普罗米修斯的对话）

赫拉克勒斯　普罗米修斯，我是来解救你的。

普罗米修斯　我知道，我一直在等你。赫拉克勒斯，我要感谢你，要攀爬至此，一定经历了可怕的历程，可你并不知道什么是害怕。

赫拉克勒斯　普罗米修斯，你的处境才可怕。

普罗米修斯　你不知道什么是害怕吗？我真的很难相信这一点。

赫拉克勒斯　如果恐惧让你不能去做该做的事，那我应该从来不会害怕。可是，普罗米修斯啊，我是个凡夫，我也无法总是知道自己该做什么。

普罗米修斯　凡人总是怀着怜悯和恐惧，仅此而已。

赫拉克勒斯　普罗米修斯，你一直在和我交谈。过去的每一分钟，酷刑都在继续。要知道，我是来解救你的。

普罗米修斯　　赫拉克勒斯,我知道。你还没出生时,还是襁褓中的婴孩时,我就知道了。可是,我像任何受尽折磨的人,在一个地方遭了很多罪:监禁、流放。在危险之中,当获救的时刻到来时,他们不知道该如何迈出第一步,如何把受尽苦刑的日子抛在身后。

赫拉克勒斯　　你不想离开这座悬崖吗?

普罗米修斯　　赫拉克勒斯,我要离开。我告诉过你,我一直在等你。但就像凡人一样,这一刻对我来说很艰难。你知道,在这里会受不少罪。

赫拉克勒斯　　普罗米修斯,看着你就知道了。

普罗米修斯　　这很痛苦,让人想死去。有一天,你会爬上一处悬崖,你也会明白。赫拉克勒斯,可我是不会死的,你也不会。

赫拉克勒斯　　什么意思?

普罗米修斯　　你会被神灵劫持,是一位女神。

赫拉克勒斯　　普罗米修斯,我不明白你在说什么。让我把你身上的绳索解开吧。

普罗米修斯　你会像个孩子一样满怀感激，会忘记那些不公和劳苦，你会在大地上生活，赞美神灵的智慧和仁慈。

赫拉克勒斯　难道我们的一切不都是神灵给的吗？

普罗米修斯　赫拉克勒斯啊，存在比诸神更古老的智慧。世界很古老，比这座山还古老。诸神也知道。每样东西都有它的命运。可是诸神还很年轻，几乎像你一样年轻。

赫拉克勒斯　难道你不是他们中的一员吗？

普罗米修斯　我会是诸神中的一员，这也是命运的旨意。但曾经我属于提坦族，我生活的那个世界没有神灵。这是真的，你无法想象这样一个世界吗？

赫拉克勒斯　那难道不是一个属于怪物和混沌的世界吗？

普罗米修斯　赫拉克勒斯，那是提坦和人的世界，有野兽和森林，大海和天空。那个世界充满争夺和流血，让你成为自己。最后一位神，那个最不公正的神，也曾经属于提坦一族。不论现在还是未来，能在这个世界上有一席之地的，无一不是属于提坦一族。

赫拉克勒斯　那是个悬崖的世界。

普罗米修斯　你们每个人都有悬崖，因此我爱你们。可是神不知道悬崖，他们不懂大笑，也不知道流泪，他们对着命运微笑。

赫拉克勒斯　是他们把你钉在这里的。

普罗米修斯　赫拉克勒斯啊！胜利的一方永远是神。只有作为人的提坦进行斗争，坚持抵抗，他可以笑，可以哭。如果他们把你钉住，你爬到了山上，这就是命运默许给你的胜利。我们应该对此感激。如果连牺牲自己、拯救他人都不算胜利的话，那什么才是胜利呢？命运的铁律下，每个人都在为他人而活。我也是一样，赫拉克勒斯，如果今天我得以解脱，我会亏欠别人。

赫拉克勒斯　我预想的比这更糟糕，况且我还没解救你呢。

普罗米修斯　赫拉克勒斯，我指的不是你。你有怜悯心，也有勇气，你的任务已经完成了。

赫拉克勒斯　普罗米修斯，我什么都没做。

普罗米修斯　如果能洞悉命运的话，那你就不是凡人了。可是你生活在诸神的世界里。诸神剥夺了你的知情权。你在一无所知的情况下，已经做了所有事。你记得那个人首马身的怪物吗？

赫拉克勒斯　就是那个我今早杀死的半兽人吗？

普罗米修斯　那些怪物是不能杀的，即使是诸神也不能杀死他们。总有一天，你又会坚信自己杀死了另一只怪物，它会更凶猛，你只是在走上自己的悬崖。你知道你今早袭击的是谁吗？

赫拉克勒斯　一个人首马身的怪物。

普罗米修斯　你袭击的是好心的喀戎，提坦和凡人的好朋友。

赫拉克勒斯　天哪，普罗米修斯，我做了什么！

普罗米修斯　赫拉克勒斯，不必懊悔。我们的命运相连，没人能够逃脱命运的铁律，除非为它献祭鲜血。在俄塔山，同样的事也会发生在你的身上，喀戎早已知晓。

赫拉克勒斯　你想说，他是主动献祭的吗？

普罗米修斯　当然了。就像我早就知道，偷盗圣火会是我的悬崖。

赫拉克勒斯　普罗米修斯，让我放你下来吧。你告诉我所有关于喀戎、俄塔的事。

普罗米修斯　赫拉克勒斯，我已经被释放了。如果另一个人顶替了我的位置，我就会被释放。命运驱使你刺穿了喀戎，在这个产生于混沌的世界里，正义主宰着一切。怜悯、恐惧和勇气都只是工具罢了。一切都是因果轮回，你过去和未来挥洒的鲜血，会把你推向俄塔山，那是你的死地，也是你最终的归宿。那些怪物的血会毁掉你，你会承受火刑，正是用我偷来的火。

赫拉克勒斯　可是你告诉我，我不会死。

普罗米修斯　死亡和诸神一起来到这个世上。凡人之所以惧怕死亡，是因为你们相信神的永生。然而每个人都会死得其所，神灵也会消逝。

赫拉克勒斯　你说什么？

普罗米修斯　天机不可泄露。但你要一直记住，怪物是不死的，真正死去的是它们带来的恐惧。诸神也是如此。当凡人不再恐惧，诸神便会消失。

赫拉克勒斯　那么提坦呢？它们会归来吗？

普罗米修斯　石头和密林不会归来，这些一直都在。曾经存在过的，都会再来。

赫拉克勒斯　你们被锁住了。你也是如此。

普罗米修斯　我们只是一个名字，仅此而已。赫拉克勒斯，你明白我的。像田野和大地一样，世界也有季节。冬季会回来，夏季也一样。谁又能说，密林会消失，或会继续存在呢？不久之后，你们也会像提坦一样。

赫拉克勒斯　我们凡人吗？

普罗米修斯　你们凡人，或是诸神，这不重要。

悲痛欲绝者

性、沉醉与鲜血,总是会唤起死亡与冥界,不止向一个人承诺极乐。但色雷斯的俄耳甫斯——歌手,进入过冥界的人,像狄俄尼索斯一样被悲痛撕裂的人——在这一切之上。

(俄耳甫斯与巴卡[1]的对话)

俄耳甫斯　事情就是这样。我们在阴影之间的小径上，一直向上走。阴间的科库托斯湖、斯堤克斯河、摆渡船、哀号都已经远去，能隐约看见树叶上已经有天空的微光。我能听到，她的脚步在我身后沙沙作响。但我感觉自己仍身处冥界，身上寒意未消。我想，有一天我还得回到那里，发生的事会再次发生。我想着和她在一起的生活，往昔的日子，想着这一切又会像从前那样结束，发生的事还会重演。我想着那彻骨的寒意，走过的空旷，她深入骨髓、血液的东西。我思索着，这一切还值得再经历一遍吗？我看到了白昼的微光，这时我说："让一切结束吧。"我转过身去，欧律狄刻消失了，

---

[1] 酒神狄俄尼索斯的女性追随者。在欧里庇得斯的悲剧等古代描述中，俄耳甫斯失去妻子欧律狄刻，拒绝对酒神狄俄尼索斯的崇拜而转向象征理性的阿波罗，最终被酒神的狂热追随者撕碎。

像蜡烛一样熄灭。我只听到吱的一声,像逃走的老鼠发出的声音。

巴卡　俄耳甫斯,你的话太奇怪了,我几乎不敢相信。这里的人都说,你深受诸神与缪斯的喜爱。很多女人追随你,因为知道你情深意切,但非常不幸。你的爱情那么浓烈,在凡人之中独一无二,这使你踏入了冥界之门。不,俄耳甫斯,我不信你说的。如果命运背叛你,那并非你的过错。

俄耳甫斯　这和命运有什么关系。我的命运不会背叛我。荒唐的是,在那次阴间之旅之后,在直面虚无之后,大家会以为我是因错误或任性而转身。

巴卡　这里的人说,那是因为爱情。

俄耳甫斯　人不会爱已死去的人。

巴卡　然而,山上到处都留下了你的眼泪。你四处寻找、呼唤她,你甚至为了她下到冥界,难道这不是爱吗?

俄耳甫斯　你说这些,因为你是凡人。要知道,死亡往往会让凡人不知所措。我为之哭泣的欧律狄刻是我生命中的一季,在冥间,我寻找的是其他东西,而不是欧律狄刻的爱情。我寻找她并不知道的过往。我在幽灵间歌唱时,领悟到了这一点。我看到那些幽灵变得僵硬,他们茫然地看着虚空,痛苦的哀号平息下来,珀耳赛福涅掩面哭泣,就连那阴森无情的哈得斯,也像凡人一样探身倾听。我明白,死者什么都不是了。

巴卡　俄耳甫斯,悲痛让你失去理智。谁不想回到往昔?欧律狄刻几乎要重生了。

俄耳甫斯　巴卡,她会再次死去。她会带着对阴间深入骨髓的恐惧,日日夜夜与我一同颤抖。你不明白什么是虚无。

巴卡　你通过歌声重获过去,但拒绝并摧毁了它。不,我无法相信这是真的。

俄耳甫斯　巴卡,尽量理解我吧。只有在歌声中,才有真实的往昔。只有倾听我歌唱时，哈得斯才看到了自己。我们沿着小径向上走时，那段过往就已经渐渐消散，成为回忆，散发着死亡的气息。当第一缕天光映入眼帘，我像个少年一样振奋起来，满怀欣喜，又觉得难以置信，我为自己，为活人的世界而振奋。我寻觅的生命一季，就在那缕微光中。我根本不在意跟在身后的人。我的往昔是那道光亮、歌声与清晨，所以我转过身去。

巴卡　俄耳甫斯，你怎能就这样放弃？人们看到你从冥界回来的样子，都心生畏惧。欧律狄刻曾是你生命的全部。

俄耳甫斯　这很荒唐。欧律狄刻死去后，变成了别的。那个下到冥界的俄耳甫斯，既不再是她的丈夫，也不是鳏夫。我那时的哭泣，就像孩童时的哭泣，回忆起来会让人莞尔一笑。那个季节已经过去。我哭泣着寻找的不再是她，而是自己。如果你愿意，也可以说是命运。我在倾听自己内心的声音。

巴卡　很多女人追随你,是因为我们相信你悲痛的哭泣。这么说,你欺骗了我们?

俄耳甫斯　哦,巴卡,巴卡,你真是不愿意明白我说的话吗?我的命运不会背叛我。我在寻找自我,人们寻找的,仅此而已。

巴卡　俄耳甫斯,这里的人更简单。我们相信爱与死亡,大家一起哭泣一起欢笑。我们最欢乐的节日,就是那些会流血的狂欢。我们这些色雷斯的女人,并不惧怕流血。

俄耳甫斯　从活着的角度看,一切都很美好。但请相信一个曾在亡灵中待过的人的话吧……那些节日不值得。

巴卡　你以前不是这样的,你从不谈论虚无,靠近死亡,让我们与众神相似。你也曾教导我们说,沉醉能让我们超越生与死、超凡脱俗……你见证过那些节日。

俄耳甫斯　姑娘,重要的并非流血。沉醉与流血都无法打动我，但要明白人究竟是什么，实在太难了。巴卡，就连你也不知道。

巴卡　俄耳甫斯，没有我们，你什么都不是。

俄耳甫斯　我曾这样说过，也明白这一点，但那又怎样呢？没有你们，我也下到了阴间……

巴卡　你下到阴间，是为了寻找我们。

俄耳甫斯　但我没有找到你们，我追寻的是其他东西。我在重返光明时找到了。

巴卡　你曾在山上歌唱欧律狄刻……

俄耳甫斯　巴卡，那段时光已经过去。山峦依旧存在，但欧律狄刻不在了。所有这一切有个名字，叫作凡人。在这里召唤节日之神毫无意义。

巴卡　你也曾召唤他们。

俄耳甫斯　这一切构成了凡人的生活。在阳世，人们相信一切，甚至相信自己的血有时会在别人的血管中流淌，或者相信已经发生的事可以逆转，相信能凭借沉醉打破命运。这一切我都知道，这不是虚无。

巴卡　俄耳甫斯，你不明白如何面对死亡，你的脑子里只有死亡。曾经，那些节日让我们像神灵。

俄耳甫斯　你们就尽情享受那些节日吧。对于还不知道的人，一切都是允许的。每个人都要下一次自己的地狱。我命运的狂欢在冥界已经结束了，在我歌唱生命与死亡的方式中结束。

巴卡　你说命运不会背叛人，这是什么意思？

俄耳甫斯　意思是它在你内心，属于你，比血液更深沉，超越一切醉意。没有神明能够触及它。

巴卡　或许吧，俄耳甫斯，但我们并不寻找任何欧律狄刻，为什么我们也要下到地狱呢？

俄耳甫斯　每当人祈求神明，就会认识死亡。一个人下到冥间是去夺取某些东西，是打破命运。黑夜无法战胜，人们会失去光明，像疯子一样挣扎。

巴卡　你的话太可怕了……这么说，你也失去了光明？

俄耳甫斯　我几乎迷失了,我唱歌,在领悟的过程中,找到了自己。

巴卡　以这种方式找到自己值得吗?有一条更简单的路,虽然无知,但充满欢乐。神就像生与死之间的主宰,人们沉醉于狂欢,或自我残杀,或被人撕裂。每次都重获新生,像你一样在白昼醒来。

俄耳甫斯　别说什么白昼、苏醒,没几个人知道。像你这样的女人,都不知道那是什么。

巴卡　或许正因如此,色雷斯的女人才追随你。对她们而言,你就像神明。你从山上下来,歌唱爱情与死亡。

俄耳甫斯　傻姑娘。至少还能和你交谈。或许有一天,你会像个男人。

巴卡　希望色雷斯的女人……

俄耳甫斯　说下去。

巴卡　希望她们不会把神撕碎。

狼人

阿卡迪亚的国王吕卡翁,因其残暴不仁,被宙斯变成了狼,但神话并未提及他在何处,以及如何死去。

（两位猎人的对话）

第一位猎人　这不是我们第一次猎杀野兽了。

第二位猎人　但这是我们第一次杀死一个人。

第一位猎人　我们不该这么想，是猎犬把他撵出来的，轮不到我们去想他是谁。我们看到他困在岩石间，毛发灰白，浑身是血，在泥浆中挣扎，牙齿比眼睛还要红，谁会去想他的名字和过往呢？他死时撕咬着长矛，就像在撕咬猎狗的喉咙。他不仅长着野兽的皮毛，还有一颗兽心。在这一带的树林里，很久都没见过这么大、这么凶恶的狼了。

第二位猎人　我在想他的名字。我小时候就听人说起过，他们讲了他还是人时，一些不可思议的事：他曾试图残害奥林匹斯山的主人。当然，他的毛像踩脏的雪一样，他很老了，像个幽灵，眼睛红得像血。

第一位猎人　事已至此。我们得把狼皮剥下来再下山去,想想等着我们的盛会吧。

第二位猎人　我们天一亮就动身。现在除了在这堆火边取暖,你还想做什么呢?猎犬会看守尸体的。

第一位猎人　那不是尸体,只是一堆骸骨。但我们现在得把狼皮剥下来,不然会变得比石头还硬。

第二位猎人　我在想,剥了皮之后,是不是该把他埋了,他曾经是个人啊。他那野兽般的血洒在了泥里,他最后会只剩下一堆赤裸裸的骨头和肉,像老人或孩子的骸骨一样。

第一位猎人　你说他很老了,这没错。这里还是荒山时,他就已经是狼了。他比那些长满青苔、灰白的树干还要老。谁还记得他有过名字,曾经是人呢?说实话,他早该死了。

第二位猎人　就这样曝尸荒野……他曾是吕卡翁,和我们一样是猎人。

第一位猎人　每个猎人都可能死在山里,不会有人找到，除非是雨水或秃鹫。如果他真的是猎人，那真是死得很惨。

第二位猎人　他像个老人一样，用眼睛在抵抗。但你其实并不相信，他和你是同类。你不相信他的名字，要是你相信，你就不会想羞辱他的尸体。你应该知道，他生前也蔑视死者，他的生活野蛮又残忍，正因如此，宙斯才把他变成了野兽。

第一位猎人　据说他还煮食同类。

第二位猎人　我认识一些人，他们做的坏事远没这么严重，却和狼没什么两样——只差像狼一样嗥叫，躲进森林里。你就这么肯定，自己从没有过像吕卡翁那样的时刻吗？我们每个人都有那种时刻，如果有神灵触碰我们，我们也会嗥叫，会掐住反抗我们的人的脖子。是什么挽救了我们，还不是醒来后，发现自己还有双手、嘴巴和声音？但他没有退路——他永远失去了人的眼睛、他的家园。至少现在他死了，应该可以安息了。

第一位猎人　我觉得,他并不需要安息。他蹲在岩石上,对着月亮嗥叫时,还有谁比他更自在呢?我在森林里生活得够久了,知道树干和野兽并不畏惧任何神圣,它们不会仰望天空,只会在风中发出沙沙声,或打个哈欠。实际上,它们身上有某种东西和神灵相似:无论做什么,都不会后悔。

第二位猎人　听你这么说,好像狼的命运还挺高尚。

第一位猎人　我不知道这是高尚还是卑微。你可曾听说过,野兽或植物想变成人?相反,这地方到处都是经过神灵点化的男女——有的变成了灌木丛,有的变成了鸟,有的变成了狼。不管他有多邪恶,犯下了多少罪行,他从此双手不再沾满鲜血,摆脱了悔恨和希望,也忘了自己曾是人。诸神试过其他方式吗?

第二位猎人　惩罚就是惩罚,神的惩罚至少在这一点上是仁慈的,去掉了邪恶的不确定性,把悔恨变成了命运。即使这头野兽已经忘记了过去，只为猎物和死亡而活，但他还是留下了自己的名字，还有曾经的生活。古老的卡利斯托埋葬在山里。谁还记得她犯了什么罪？天神严惩了她。据说她是个女人，长得很美，被神变成了一头咆哮、流泪的母熊，夜里因为害怕，想回到人类的居所。这就是一头不得安宁的野兽。她儿子来到山里，用长矛把她杀了，诸神却无动于衷。也有人说，出于懊悔，诸神把她变成了星座，但尸体还在，被埋葬了。

第一位猎人　你想说什么？我知道这些故事。卡利斯托不能接受命运，这不是诸神的错。这就像有人带着悲伤去参加宴会，或者在葬礼上喝得酩酊大醉。要是我是狼，梦里也会是狼。

第二位猎人　你不了解涌动的血，诸神既不会给你增添什么，也不会拿走什么。只是轻轻一碰，就把你钉在你到达的地方。曾经的欲望、选择，到头来都成了命运。这就是说，变成狼，他依然是那个逃离家园的人，依然是从前的吕卡翁。

第一位猎人　那你是说，猎犬撕咬他时，吕卡翁像被猎犬追捕的人一样痛苦？

第二位猎人　他老了，精疲力竭。你自己也承认，他无力反抗。他悄无声息死在石头上时，我想起了那些偶尔会停在庭院前的老乞丐，狗拼命想挣脱链子咬他们。山下的村子里也会发生这种事。就算我们说他活得像头狼，但死的时候，看到我们，他明白了自己是人。他用眼神告诉了我们。

第一位猎人　朋友，你觉得，他会在乎像人一样，在地下腐烂吗？他最后看到的是一群猎人。

第二位猎人　死亡会带来安宁。这是大家共同的命运，对活着的人很重要，对我们心中的狼也很重要。我们碰巧杀了他，至少我们应该遵循规矩，把羞辱他的事留给诸神，让我们双手干净地回村子吧。

客人

　　希腊人素来喜欢讲述弗里吉亚人和吕底亚人的暴行。当然，这一切都发生在他们自己国家里，而且是在更古老的时代。

　　无须赘述谁在收割比赛中落败。

(利提厄耳塞与赫拉克勒斯的对话[1])

利提厄耳塞　异乡人，这就是麦田。我们在自己家里，也像你们一样好客。既然你已与我们一同吃喝了，你就无法逃脱，我们的土地将会畅饮你的血。明年，迈安德罗斯河将会看到比今年更为茂盛、稠密的麦子。

赫拉克勒斯　过去，你们在这片地里杀了很多人吗？

利提厄耳塞　相当多。但没有一个像你这般强壮，或能独自应对这场比赛。你毛发火红，瞳孔如花，你会赋予这片土地活力。

赫拉克勒斯　是谁教给你们这种习俗的？

利提厄耳塞　我们素来如此。若你不滋养土地，又怎能指望它养育你呢？

赫拉克勒斯　今年，你们的麦子看起来十分茁壮，

---

[1] 利提厄耳塞是弗里吉亚国王迈达斯之子，发起收割比赛，杀死失败的对手，后被赫拉克勒斯战胜。

都和收割的人齐肩高了。你们之前杀了什么人来献祭?

利提厄耳塞　去年没有异乡人来,我们杀了一个老奴隶和一只公羊,都是绵软无力的血,土地几乎没什么回应。你看这些麦穗,那么干瘪。我们要残杀的人,得先在太阳下流汗、沸腾。我们会让你收割、搬运麦捆,汗流浃背,只有到最后,当鲜活的热血沸腾起来,才是割开你喉咙的时候,你年轻又强壮。

赫拉克勒斯　你们的神灵对此有什么看法?

利提厄耳塞　田地之上没有神灵。只有土地、大地母亲,洞穴永远在等待,土地只有在鲜血的浇灌下才会苏醒。异乡人,今晚你就会进入洞穴之中。

赫拉克勒斯　你们弗里吉亚人不会进入洞穴吗?

利提厄耳塞　我们出生时,才从洞穴出来,并不急着回去。

赫拉克勒斯　我明白了。所以说,流血是你们神灵所需要的。

利提厄耳塞　异乡人，不是神灵需要，而是土地。你们难道不是生活在一片土地上吗？

赫拉克勒斯　我们的神明不在土地里，他们掌控着海洋与土地、森林与云朵，如同牧羊人引领羊群，主人指挥着仆人。他们高高在上，居于山顶，就像说话的人眼中的思绪，或者像天空中的云朵。他们不需要鲜血。

利提厄耳塞　异乡的客人，我不明白你说的。对我们来说，云朵、悬崖、洞穴都叫一个名字，它们不会远离我们。大地母亲赋予我们的鲜血，我们以汗水、粪便、死亡归还给她。你确实来自远方，你们的神灵什么都不是。

赫拉克勒斯　他们是不死的一族，他们征服了森林、大地及其怪物。他们把所有像你这样，以鲜血浇灌土地的人关进了洞穴。

利提厄耳塞　哦，你看，你们的神明知道该怎么做，他们也需要喂饱土地。再说了，你如此强壮，应该不会出生在一片没有被鲜血充分滋养的土地上。

赫拉克勒斯　利提厄耳塞，来吧，开始收割吗？

利提厄耳塞　客人，你真奇怪。至今为止，还没有人在地里说过这些话。你不害怕死在麦捆上吗？你或许还指望像鹌鹑或松鼠一样，从田垄间逃走？

赫拉克勒斯　如果我理解没错的话，这不是死亡，而是回归大地母亲的怀抱，报答她的养育之恩。所有在地里辛勤劳作的农民，都会用祈祷和歌声，向为他们献出鲜血的人致敬。这是莫大的荣耀。

利提厄耳塞　客人，谢谢。我向你保证，去年我们杀掉的那个奴隶可不这么想。虽然他年老体弱，我们也不得不用树皮编成的绳子把他绑起来，他在镰刀下挣扎许久，还没倒下就已流尽了血。

赫拉克勒斯　利提厄耳塞，这次会更好一些。告诉我，杀了那可怜人之后，该怎么办呢？

利提厄耳塞　我们趁他还活着，就将其撕裂，把碎块撒在田野里，让它们接触到大地母亲。我们用麦穗和花朵裹住那流血的头颅，在歌声与欢乐中，扔进迈安德罗斯河。因为大地母亲不只是土地，就像我刚才说的，也是云朵和流水。

赫拉克勒斯　利提厄耳塞，你知道很多事，不愧是塞勒涅土地的主人。告诉我，在佩西诺，他们也杀很多人吗？

利提厄耳塞　异乡人，到处都一样，人们在太阳下杀戮。我们的麦子只在被鲜血浇灌过的泥土中发芽。土地是有生命的，也需要滋养。

赫拉克勒斯　为什么你们杀的必须是异乡人？孕育了你们的土地、洞穴，一定更愿意吸收与它更亲近的人的汁液。就像你吃饭时，不也更喜欢自己田地里产的葡萄酒吗？

利提厄耳塞　异乡人，我喜欢你。你像我们的孩子一样关心我们的福祉。但你想想，我们为何要承受这些艰辛的劳作，为了活着，不是吗？所以我们理应活下去，享受收成，而让别人去死。你一定不是农民。

赫拉克勒斯　难道你们不应该找一种办法，终结这种杀戮，让异乡人和本地人都能吃上麦子。难道不应该只杀最后一次人？杀掉那个能让这片土地永远肥沃、风调雨顺的人。

利提厄耳塞　看得出，你不是农民。你甚至不知道，土地会按照节气长出麦子，一年的轮回会耗尽所有肥力。

赫拉克勒斯　但在这片平原上，会不会有这样一个人。追溯到他的父辈，他受到了很多季节的滋养，他如此富有、强壮，血液非常充沛，只需祭献一次，就能彻底改变过去的土地？

利提厄耳塞　异乡人，你让我想笑，你说的好像是我。在塞勒涅，只有我，祖祖辈辈一直生活在这里。我是这里的主人，你也知道。

赫拉克勒斯　利提厄耳塞，我确实说的是你。我们开始收割吧。我从希腊过来,就是为了终结这些流血事件。我们收割吧。今晚,你会回到洞穴里。

利提厄耳塞　　你想在我的麦田里杀了我?

赫拉克勒斯　　我要与你战斗至死。

利提厄耳塞　　异乡人,你起码会用镰刀吧?

赫拉克勒斯　　利提厄耳塞,放心。受死吧。

利提厄耳塞　　当然,你的手臂很强壮。

赫拉克勒斯　　受死吧。

篝火

希腊人也举行活人祭祀。每种农业文明都这样做,所有文明都是农业文明。

（两个牧人的对话）

儿子　整座山都在燃烧。

父亲　这只是一场仪式。当然，今夜的季赛荣山[1]是另一番景象。今年，我们放牧的位置太高了。你把牲口赶回去了吗？

儿子　我们的篝火太小了，没人看得见。

父亲　没关系，我们还是点起来吧。

儿子　篝火比星星还多。

父亲　添点柴火。

儿子　添了。

父亲　啊，宙斯，请接受这牛奶，还有香甜的蜂蜜吧！这是我们对您的献祭，我们是卑微的牧羊人，这不是我们的牧群，我们不敢擅自处置。这燃烧的篝火，可以让我们远离灾祸，这些灾祸就像滚滚浓烟，像云雾一样笼罩着我们……

---

[1] 希腊中部的山脉。

孩子，打湿树枝，洒水。希望那些大农庄里会杀公牛祭祀。如果开始下雨，到处都会下雨的。

儿子　父亲，那下面是篝火，还是星星？

父亲　不要看那里。你要朝大海洒水，雨是从大海升起来的。

儿子　父亲，雨会去很远的地方吗？下雨时，真的到处都在下雨吗？特斯匹伊也一样吗？忒拜也是吗？它们在山上，没有海啊。

父亲　但它们有牧场，笨蛋。它们需要水井。那里的人今晚也点了篝火。

儿子　过了特斯匹伊呢？更远的地方呢？那里人们白天黑夜都在行走，一直待在山中？他们告诉我，那里从来都不下雨。

父亲　今晚到处都是篝火。

儿子　他们点了篝火。为什么现在还不下雨呢？

父亲　孩子，今天过节。如果下雨，火会被浇灭的，这对谁也没有好处。明天会下雨。

儿子　篝火正旺时,从来没下过雨吗?

父亲　谁知道呢?别说你了,我还没出生时,就已经有点篝火的习俗了。一直是今天晚上。据说,篝火燃烧时,下过一次雨。

儿子　是吗?

父亲　但那时候,人生活的世界比现在公道,国王的孩子也是牧羊人。那时,整片大地就像一片干净、平整的打谷场,臣服于阿塔玛斯国王。人们劳作、生活,不必在主人跟前隐藏羔羊。传说有一年,三伏天酷热无比,牧草枯萎,水井干涸,死了很多人。篝火没有任何用处。阿塔玛斯就寻求建议——但他已经年迈,而且不久前娶了一位年轻妻子,是她在发号施令,她让老国王相信,在这紧要关头,不能妥协,失去自己的威信。他们祈祷过,洒过水吗?是的。他们宰杀了牛犊和公牛,宰杀过很多公牛来祭祀吗?是的。随后发生了什么呢?天还是不下雨。后来他们祭献了孩子。你明白吗?当然不是新王后的孩子，不用想也知道，她没有孩子。那是之前王后已经长大的两个孩子，他们整日在田间劳作。昏庸的阿塔玛斯听从了建议，派人将他们召回。大家都知道，国王的孩子不蠢，都明白自己面临着什么，他们逃走了。同他们一起消失的，还有天上仅有的云，这些云是之前一位神明，得知发生了这样的事，布在田野上空的。那个女巫就说："你们看见了吗？我的想法是对的，之前的云也消失了；需要杀死这里的一个人。"就这样，人们决定把阿塔玛斯抓起来，烧死他。他们做好准备，生起篝火，像对待公牛一样，把阿塔玛斯绑起来，用鲜花装饰他。正要将他扔进篝火时，这时风云突变，电闪雷鸣，神降下了雨水。田野复苏了。雨水浇灭了篝火，仁慈的阿塔玛斯原谅了所有人，包括他妻子。孩子，你要当心女人，她们比毒蛇还难分辨。

儿子　那国王的孩子呢？

父亲　从此杳无音信。但像那样的两个孩子，应该会造福人类。

儿子　如果那个时代的人很公正，那为什么要烧死两个孩子呢？

父亲　笨蛋，你不知道什么是三伏天的干旱。我见识过，你爷爷也见识过。比起来，冬天根本算不了什么。冬天让人遭罪，但大家都知道，对收成有好处。可是三伏天不一样。一切都像着火了一样。一切都会死去，饥饿和口渴会让人性情大变。你跟一个没吃饭的人打交道，他肯定暴躁易怒。你想想那些人，从前相处和睦，人人有自己的土地，待人友善，乐善好施。水井干涸了，庄稼枯萎了，他们又饿又渴，就变成了野兽。

儿子　他们是坏人。

父亲　和我们差不多。现在，我们的主人就是三伏天，没有雨水能够解救我们。

儿子　我不喜欢这些篝火了。为什么神明需要它们？以前，他们真的总是要烧死一个人来祭献吗？

父亲　他们很有分寸。他们烧死瘸子、懒汉和莽夫，烧死我们当中无用的人，偷地里粮食的人。管他好坏，等到神明心满意足了，就会下雨。

儿子　如果不管怎么样都会下雨，我不明白，神明能从中得到什么乐趣。阿塔玛斯的事情也一样，他们熄灭了大火。

父亲　你要知道，神是主人，他们就像主人一样。你什么时候看到神明被火烧？他们会互相帮助，但没人会帮助我们。天晴还是下雨，关神明什么事？现在生起了这一堆堆篝火，传说可以求雨。这关主人什么事？你见他们下过田吗？

儿子　没见过。

父亲　这就是了。如果以前一堆篝火就能求雨，烧死一个流浪汉，就能拯救一年的收成。那么现在需要烧毁多少间主人的房屋，要在街头和广场上杀死多少人，才能让世界回归正道，我们能够表达自己的意见？

儿子　那神明呢？

父亲　关他们什么事？

儿子　你不是说神明和主人是一伙的吗？他们就是主人。

父亲　我们会宰只小山羊。有什么用呢？我们会杀死小偷和流浪汉。我们会生起篝火。

儿子　我真希望天已经亮了。神明让我害怕。

父亲　你害怕就对了。我们要尊敬神明。这个年纪还不懂事，太不应该了。

儿子　我不想想这些。神明不公正，他们为什么要烧死活人祭献？

父亲　如果不这样，他们就不是神了。不劳作的人，你觉得，他会怎么打发时间呢？从前没有主人，人们生活在正义之中，需要偶尔杀死某个人，让他们享受。他们本性如此。但在我们的时代，他们不再有这种需要了。我们本身就处在水深火热之中，他们只要看着我们就行了。

儿子　他们也是流浪汉。

父亲　流浪汉。你说对了一次。

儿子　腿脚残疾的孩子，被篝火烧的时候，他们会说什么？叫得很凶吗？

父亲　叫喊不重要，重要的是谁在叫。一个跛子或坏人不会干什么好事，一个有孩子的人看见懒汉长胖，情况会更糟糕一些。这不公平。

儿子　一想到从前的篝火，我就没法平静。你看下面点了多少篝火啊！

父亲　从前，也不是每堆篝火都会烧一个孩子，就像现在用小山羊一样，猜也猜得到。如果一个人求到雨，那么降下的雨是大家的。一座山、一个村庄，有一个人求到雨就够了。

儿子　我不想这样，你知道。如果我们自己都这样不公正，主人压榨我们，吸我们的骨髓是对的，神看着我们受苦，也是对的。我们都是坏人。

父亲 把树枝打湿,洒水。你还不懂,居然谈论起公正不公正来。傻孩子,朝海那边洒水……啊,宙斯,请接纳这祭品……

岛屿

众所周知，海难中幸存的奥德修斯于归家途中，在奥吉吉岛停留了九年，岛上只有古老的女神卡吕普索[1]。

---

[1] 在《奥德赛》中，卡吕普索将奥德修斯囚禁在奥吉吉岛上，并以永生相许，但奥德修斯一心归乡。

（卡吕普索和奥德修斯的对话）

卡吕普索　奥德修斯，这里没什么特别不同的。你跟我一样，也想停留在一座岛上。什么事情你都见识过、经历过。也许有一天，我会告诉你我所经历的一切。我们俩都厌倦这多舛的命运。为什么还要继续？即便这不是你寻找的岛屿，那有什么关系？这里永远不会发生什么。只有一片土地和一条地平线，你可以永远生活在这里。

奥德修斯　永生的神啊。

卡吕普索　接受当下，不再顾及未来的人就是神。但如果你喜欢神这个词，就尽管说出它吧。真到这个地步了吗？

奥德修斯　我一直认为，不畏惧死亡的人才是神。

卡吕普索　不期望生活的人才是神灵。当然，你几乎快要做到了。你也经历了很多磨难，可是为什么要执着于回家呢？你还是静不下来，为什么要独自一人跟礁石说话?

奥德修斯　要是明天我走了,你会伤心吗?

卡吕普索　亲爱的,你想知道的太多了。你知道我是神。但如果不放弃你的梦想和回忆,不丢下这份执着,不接受这条地平线,你将无法摆脱命运,也知道自己将会面对什么。

奥德修斯　总要接受一条地平线,又能得到什么呢?

卡吕普索　奥德修斯,静下心来,默默想想吧。你可想过,为什么我们神灵也要睡眠?你可想过,被世界遗忘的古老神明去了哪里?为什么永恒的他们,也像深埋地下的石头一样尘封在时间里呢?我是谁,谁是卡吕普索?

奥德修斯　我只问你,你开不开心?

卡吕普索　奥德修斯,不是这个。就连这荒岛上的空气,也太空洞了,空气中现在只回荡着海浪的轰隆和刺耳的鸟鸣。你要留心,这种空洞之中,没有让人遗憾和懊悔的东西。但有些日子,你有没有注意到一种寂静？一切好像都停住了，那就像一种古老力量留下的痕迹，出现又消失。

奥德修斯　所以你也跟礁石说话吗？

卡吕普索　我跟你说，那是一种寂静，一种古老、几乎消亡了的东西。曾经存在过的，将不复出现。在旧的神界，我的一举一动就是命运。奥德修斯，我曾有很多令人生畏的名字，大地和海洋都向我臣服。后来我疲倦了，时间流逝，我不愿再动。古老的神灵当中，也有某个女神反抗新的神祇；我会让那些名字尘封于时间里；一切都改变了，却又保持原样；和新的神明抗命，这不值得。我已经看到了我的地平线，也明白为什么更古老的神明并未与我们抗争。

奥德修斯　你从前不是永生的吗？

卡吕普索　奥德修斯，我现在也是。我不希望死，也不希望生。我接受当下。你们这些凡人，等着你们的是衰老和懊悔。为什么你不愿意像我一样，放下顽念，永远留在这岛上呢？

奥德修斯　如果我相信你真的放弃了，我会留下的。可就连曾是万物之主的你，现在也需要我——一个凡人来帮你支撑下去。

卡吕普索　奥德修斯，这是一种互利。如果不跟人分享，就不存在真正的寂静。

奥德修斯　今天我和你在一起，你还不满足吗？

卡吕普索　奥德修斯，你并没有与我在一起。你还没接受这座岛的地平线，没有放下过去的遗憾。

奥德修斯　我所眷恋的，是我生命的一部分，就如同你的寂静之于你。从大地和海洋臣服于你的那天起，对你来说，改变了什么？你觉得孤独、疲惫，你的那些名字被忘记了。你什么都没有失去，现在的样子是你曾经所期许的。

卡吕普索　亲爱的，我现在几乎什么都不是，近乎肉体凡胎，近乎像你一样，是一个影子。那是一段不知道何时开始的长眠，你像梦一般进入其中。我害怕黎明、苏醒；如果你走了，黎明就到了。

奥德修斯　女神，是你在说话吗？

卡吕普索　我害怕苏醒，好比你害怕死亡。就是这样，我之前死了，现在我知道了。这座岛上只有风声和海声，没有留下我的痕迹。啊，这并非一种折磨，我一直在沉睡。但当你来到这里，你带来了另一座岛屿——你心中的岛屿。

奥德修斯　我找它太久了。你不明白，每次我望见一片土地，眯眼想看得更清楚，都是因为抱有期待。我不能接受现状，保持沉默。

卡吕普索　奥德修斯，你们凡人总是说，找回失去的东西并不是一件好事。时光不复返。什么也经不住时间的洗礼。你见过了海洋、怪物和至福乐土，还能认出你之前的房子吗？

奥德修斯　你自己说过，我心中有一座岛。

卡吕普索　啊，那座岛历经沧桑，物是人非，陷入寂静。是海浪在礁石间的回声，或者是一缕轻烟，没人与你分享。房子会像一张苍老的面孔，你的言语会失掉原来的含义，你会比在海上更孤独。

奥德修斯　我至少知道，必须停下。

卡吕普索　奥德修斯，那不值得。不马上停下的人，就永远也无法停下。现在你做的事，将永远做下去。你必须打破命运，必须走出常路，让自己沉没在时间里……

奥德修斯　我不是永生的。

卡吕普索　你会得到永生，只要你听我的建议。除了接受流逝的瞬间，永生还能是什么呢？欣喜、享乐和死亡没有其他目的。到现在为止，你不安地流浪是什么目的？

奥德修斯　我要是知道，早就不再流浪了。但你忘了一件事。

卡吕普索　你说。

奥德修斯　跟你一样，我寻找的东西在我心里。

湖泊

希波吕托斯——特雷泽纳的童男猎手,因得罪阿佛洛狄忒而惨死。但狄阿娜让他复活,把他带到意大利(埃斯佩里亚),安置在阿尔巴山上,让他做自己的祭司,并称他为"维尔比奥"[1]。维尔比奥与宁芙阿里西亚育有子女。

古人认为——想想《奥德赛》中的描述——西方是亡灵之地。

---

[1] 即希波吕托斯的罗马名。

（维尔比奥与狄阿娜的对话）

维尔比奥　我想告诉你，我很高兴来到这里。这片湖泊对我来说，就像古老的海洋。我很高兴能过上你的生活，在山林中侍奉你，对所有人来说我已死了。这里的野兽、山峰、村民什么都不知道，他们只认识你。这是一个没有过去的地方，一个逝者之地。

狄阿娜　希波吕托斯……

维尔比奥　希波吕托斯已经死了，你叫我维尔比奥。

狄阿娜　希波吕托斯，你们凡人即使死了，也忘不了尘世的生活吗？

维尔比奥　你听我说。对所有人来说，我已死去，我在侍奉你。你把我从冥府救出，让我重见天日时，我只求能活动、呼吸，并崇拜你。你把我安置在这片水天一色的地方，这里一切都有滋有味、充满活力，一切都是崭新的。就连这里的夜晚也比故乡的清新、深沉。时间在这里仿佛不会过去。不会留下回忆。只有你统治一切。

狄阿娜　希波吕托斯，你整个人都沉浸在回忆里。我暂且承认，这是逝者之地：在冥府，除了重温过去，还能做什么呢？

维尔比奥　我告诉你，希波吕托斯已经死了。这片天空般的湖泊，对希波吕托斯一无所知。即便我不在这里，这片土地不会有什么变化。它就像一个想象中的国度，从云端俯瞰看到的地方。有一次——那时我还是个孩子，我想，在故乡山峦的另一边，在遥远的日落之处，只要一直走一直走，就能到达那个充满童真的地方：清晨，一直狩猎、玩耍之处。一个奴隶对我说："小家伙，当心你许的愿，诸神总会应允。"就是这样，我当时并不明白，自己渴望的是死亡。

狄阿娜　又是一段回忆。你在抱怨什么呢？

维尔比奥　哦,我不知道,荒野的女神。我在这里睁开双眼,仿佛就在昨天。我知道已经过去很久了,而这些山峦、这片湖水、参天大树却静止无声。维尔比奥是谁?我和那个每天早晨醒来,继续玩耍,就像时间从未流逝的男孩还是同一个人吗?

狄阿娜　你是希波吕托斯,为追随我而死的男孩。现在你生活在时间之外,你不需要回忆。和我在一起,就要像野兔、鹿、狼一样,生活在当下,过一天算一天。这里要一直奔跑、追逐。这里不是亡者之地,而是永恒清晨充满活力的黄昏。你不需要回忆,这种生活你一直都很熟悉。

维尔比奥　这里确实比故乡更有生机。所有东西,在阳光下都有一种光芒,仿佛从内部散发出来,似乎有一种没有被岁月侵蚀的活力。对你们诸神来说,埃斯佩里亚这片土地是什么?

狄阿娜　这里和天底下其他土地并无不同。我们不活在过去或未来，对我们来说，每一天都像第一天。在你看来的无边寂静，就是我们的天空。

维尔比奥　我也曾生活在你喜爱的地方。我在狄第摩狩猎，在特雷泽纳的海滩上奔跑，那些地方和我一样，贫穷而野蛮。但在无边的寂静中，在这生活之外的生命里，我从未放松。是什么让这里如此荒凉？

狄阿娜　你真是个孩子。凡人从未涉足的地方，永远会是亡者之地。从你生活过的海洋和岛屿，其他人会来这里，他们会以为自己进入了冥界。还有更遥远的土地……

维尔比奥　其他湖泊，其他像这样的清晨。湖水比叶间的李子还要碧绿，我觉得自己像树影中的影子。我越是晒这里的太阳，在这片土地上汲取养分，就越觉得自己化作了水滴和沙沙声，融入湖泊的声音、森林的咆哮。树干后、岩石间，甚至我的汗水里，都隐藏着某种遥远的痕迹。

狄阿娜　这都是你小时候的胡思乱想。

维尔比奥　我不再是个孩子了。我认识你,我从冥府出来,我的故乡像天上的云朵一样遥远。你看,我像云朵一样,在树干和万物间穿行。

狄阿娜　希波吕托斯,你很幸福。如果凡人可以获得幸福,那你就很幸福。

维尔比奥　死去的那个我,曾经的男孩很幸福。你救了他,我感谢你。但重生的我——你的仆人,那个看着这棵橡树、你的森林,奔跑着逃离的人并不幸福,他甚至不知道自己是否存在。谁来回答他?谁来和他说话?他的今天,能为昨天增添些什么吗?

狄阿娜　维尔比奥,你想说的就这些吗?你想要陪伴?

维尔比奥　你知道我想要什么。

狄阿娜　凡人总是这样,总会提出这个要求。你们血液里流淌着什么?

维尔比奥　你问我血液是什么?

狄阿娜　流出的鲜血,有神圣的气息。我曾多次见你放倒狍子或母狼,割开它们的喉咙,手浸在血里。我因此喜欢你。但另一种热血——让你们心潮澎湃、眼睛发亮的血,我并不熟悉。我知道,对你们来说,那就是生命和命运。

维尔比奥　我曾经流过一次血。我现在感受到血液的躁动与迷茫,让我确信自己还活着。生机勃勃的植物、光芒四射的湖泊都无法满足我。这些东西就像云朵,清晨与黄昏,它们一直在漂泊,守护着地平线,是冥府的幻影。只有其他血才能平息我的血,让它躁动,最后得到满足。

狄阿娜　照你的话说,你想大开杀戒。

维尔比奥　没错,旷野的女神。还是希波吕托斯时,我宰杀野兽,以前对我来说就够了。但现在在这亡者之地,野兽也像云朵一样,在我手中散开。我需要抓住些什么,涌动着热血、亲切的东西，我需要有个声音、一种命运。旷野的女神，答应我吧。

狄阿娜　好好想想吧，维尔比奥-希波吕托斯。你曾经很幸福。

维尔比奥　没关系，女神。我在湖中太多次看到自己。我只要生活，不求幸福。

女巫

奥德修斯遭遇了女巫喀耳刻,他知道面临的危险,却神奇地躲过了魔咒,女巫的魔杖失去了法力。事实上,这位被人遗忘的古老的地中海女神,早知道她会与奥德修斯相遇,而这一点,连诗人荷马都没想到。

（喀耳刻与琉喀忒亚[1]的对话）

喀耳刻　琉喀忒亚，请相信我，当时我还没明白。有时咒语会弄错，有时是我一时忘记了。我当时碰到他了。事实上，我等了他很长时间，以至于后来都忘记这件事了。当我刚醒悟过来——他却突然跳了起来，手里拿着剑——我当时忍不住想笑，那一刻我悲喜交加。我甚至想过要放他，逃避命运的安排。"他毕竟是奥德修斯。"我想，"一个想回家的人。"我打算放他上船。亲爱的琉喀，他当时挥舞着手中的剑，有些滑稽，只有凡人才会那样逞能——我应该微笑着打量他，就像我对其他人一样，感到惊异，然后躲开。我那时感觉自己就像个小女孩，就像小时候，大人告诉我们长大了将做什么，我们会笑起来。一切就像是在跳舞：

---

[1] 在《奥德赛》中，波塞冬打碎了奥德修斯的船，琉喀忒亚化身海鸥，交给奥德修斯一方纱巾，让他围在腰间以获得神力保护。

他抓住我的手腕，提高声音，那一瞬间我心跳加速，然而，我的脸色却很苍白。琉喀，我抱住了他的腿，开始说我的台词："你是谁？哪里的人……"我当时想：真是个可怜的男人，他还不知道自己会经历些什么。他身形高大、卷发浓密，是个很英俊的男人。他会是多么完美的一头猪，或一匹狼啊。

琉喀忒亚　他跟你在一起的那一年中，你和他说起过这些事吗？

喀耳刻　哦，姑娘，千万不要和凡人说起命运。他们把命运称为无法摆脱的"锁链"，他们认为这已经说明了一切。你知道的，我们被他们称为"掌管命运的女神"。

琉喀忒亚　他们从不会微笑。

喀耳刻　的确。在经历命中注定的事以前，或许有些人能笑得出来，或者在事情发生之后，也能一笑了之。但在经历命运时，他们会严肃面对，或者死去。对待神灵之事，他们不会开玩笑，也不会像我们一样扮演自己的角色。他们的生命如此短暂,没办法接受那些做过的,或已知的事。当然也包括他——勇士奥德修斯,这些道理,我若是向他说出半句,恐怕他会不明白,转而去想念他的佩涅洛佩。

琉喀忒亚　真没意思。

喀耳刻　是呀,但你也看到了,我理解他。对佩涅洛佩,他不会微笑:与她在一起的一切,即使是每一餐都很严肃,都是第一次经历——他们可以为死亡做准备。你不知道,死亡对他们有多大吸引力。对他们来说,死亡是命中注定的事,是一种重复,是大家都知晓的,但他们却仍幻想着能有所改变。

琉喀忒亚　那他为何不愿变成一头猪呢?

喀耳刻　啊,琉喀,他也不想成为神,你不知道,卡吕普索那个蠢女人求了他多少次。奥德修斯就是这样:他不是猪,也不是神,他只是一个纯粹的人,聪明绝顶,在命运面前很精明。

琉喀忒亚　亲爱的,你快告诉我,你喜欢和他一起吗?

喀耳刻　我在想一件事,琉喀。我们这些女神都不愿意成为凡人,谁都未曾渴望成为凡人。也许成为凡人会打破宿命。

琉喀忒亚　那你愿意成为凡人吗?

喀耳刻　你在说些什么呀? 琉喀……奥德修斯不明白我为什么微笑。他甚至经常都不知道我是在微笑。有一次,我试图向他解释,为什么我们这些神,比起聪明勇敢的凡人,我们反倒跟野兽更相似: 野兽会吃饭、交配,却没有记忆。而他却对我说,在他的家里,有一条狗在等着他,可怜的狗,不知道是否活着,他还告诉我那只狗的名字。你明白吗,琉喀,那条狗竟有名字。

琉喀忒亚　那些凡人,也会给我们取名字。

喀耳刻　奥德修斯在我床上,用很多名字呼唤我。每一次都不一样。起初那就像是野兽的叫声,有点像猪叫、狼嚎,但他渐渐意识到,那是同一个词语的音节。他用所有女神的名字来呼唤我,用我们姐妹、母亲的名字,用万物的名字。他就像是在跟我斗争一样,跟命运斗争。他想要呼唤我,恐吓我,让我也成为凡人。他想要割断什么。他投入了智慧和勇气——这些都是他特有的,但他却从来不会微笑。他不明白神,我们这些了解命运的神灵的微笑。

琉喀忒亚　凡人不了解我们,也不了解野兽。我见过那些被你变成猪和狼的凡人,它们还是像人那样叫喊,真是太悲痛了。他们的智慧实在是太粗糙了。你捉弄他们了吗?

喀耳刻　但是琉喀,我很享受。我尽可能去享受他们。没有神和我同床共枕,只有凡人奥德修斯做到了。我碰到的其他人都变成了野兽,他们很疯狂,像野兽一样来找我。我也会接受他们:他们的疯狂和神的爱情比起来不相上下。但是和他们一起时,我甚至不用微笑;他们占有我，然后快速逃开，躲在洞穴里。我可以感受到这一切，在他们面前，我不会害羞地垂下眼睛。

琉喀忒亚　那奥德修斯……

喀耳刻　我不在乎他们是谁……你想要知道，奥德修斯是怎样的人吗？

琉喀忒亚　告诉我吧，喀耳刻。

喀耳刻　一天晚上，他向我描述了他抵达伊亚的情景：他的同伴很恐惧，船上的哨兵也很害怕。他跟我说，整个夜晚，他们穿着斗篷躺在沙滩上，耳中只听到咆哮声和嘶吼声。天亮了，远远看见森林的尽头升起炊烟，他们欢呼了起来，认出了那就是他们的故土、家园。这些事情，他都是笑着对我说的——就像凡人那样笑着和我说，他对着炉火，坐在我的身旁。他说那一刻他想要忘掉我是谁，忘掉身在何处，那一晚他叫我"佩涅洛佩"。

琉喀忒亚　噢，喀耳刻，他这么糊涂吗？

喀耳刻　琉喀啊，我也不够聪明，我还让他哭呢。

琉喀忒亚　真的吗？

喀耳刻　不，他并没有哭。他知道喀耳刻喜欢野兽，因为它们不会哭泣。但他后来还是哭了，还有一天他也哭了，我跟他说起余下的漫长旅途，还有那条下往地狱的路，以及漆黑幽暗的海洋。眼泪能使他目光明亮，也带给他勇气，这我也明白。但那个夜晚，他带着令人迷惑的笑容跟我谈起了他的童年，谈起了命运，他还问了关于我的事。他是笑着跟我说的，你明白吗？

琉喀忒亚　我不明白。

喀耳刻　他笑着，用嘴发出笑声，但他的双眼却充满了回忆。接着他让我唱歌。我一边唱着，一边坐到了织布机旁，我沙哑的声音变得轻柔，那是家园和童年的声音，对他来说，我就是佩涅洛佩。他用双手抱住了头。

琉喀忒亚　那最后谁笑了？

喀耳刻　没有人笑，琉喀。那晚我也是凡人。我还有一个凡人的名字：佩涅洛佩。那是唯一一次，我没有微笑面对我的命运，我垂下了目光。

琉喀忒亚　这个男人爱的是一只狗吗？

喀耳刻　他爱的是一只狗、一个女人、他儿子，还有一艘载他出海的船。每天都是一场历程，在他看来并非命运，而他明知死亡是何物，却奔向死亡，他在大地上留下他的话语和丰功伟绩。

琉喀忒亚　哦，喀耳刻，我虽然没有你的眼睛，但我不禁想要微笑。你太天真了。假如你跟他说：狼和猪像野兽一样占有你。如果你告诉他，他可能也会成为一头野兽。

喀耳刻　我跟他说过的，他却撇了撇嘴。过了一会儿，他对我说："只要不是我的同伴就好。"

琉喀忒亚　所以他吃醋了。

喀耳刻　他并非吃醋，他很在乎这些同伴。他能理解所有事情，唯独不理解我们神明的微笑。他在我的床上流泪的那一次，并非因为恐惧，而是因为他得知，他最后的旅途是命运强加给他的，结局已定。"那为什么要去呢？"他的手握着剑柄，向海边走去，他一边走一边问我。我给他带去了黑色的山羊，他的同伴在哭泣，他发现了屋顶上盘旋的燕子。他对我说："它们也要离去，它们并不知自己所做之事，但你知道，夫人。"

琉喀忒亚　他还跟你说了别的事吗？

喀耳刻　没有了。

琉喀忒亚　喀耳刻，你为什么没有杀了他？

喀耳刻　啊，我真傻。有时候，我甚至忘记了我们能未卜先知。我当时像小姑娘一样，觉得很好玩。就像那些只会发生在大人物身上，只会发生在奥林匹克诸神身上的事，就这样无法避免、荒谬地发生了。我可以未卜先知，但我不知道我会预见什么，会说什么，做什么。我说的话、做的事情总是很新奇、令人惊喜，像是游戏一样，像是奥德修斯教我的象棋游戏，那是用象牙做的小方块来玩的游戏，有各种规则，但很好玩，出人预料。他总是跟我说，那游戏就是人生，他还说那是打败时间的方法。

琉喀忒亚　你记得太多关于他的事情。你没把他变成一头猪、一匹狼，但你把他变成了你的记忆。

喀耳刻　琉喀，对于凡人来说，记忆是最恒久的东西，他们对过去的记忆，他们留给别人的记忆。名字和语言就是记忆。在回忆时，他们也会微笑，温柔地微笑。

琉喀忒亚　喀耳刻，而你也在说着他们的语言。

喀耳刻　琉喀，我知道自己的命运。不要担心。

公牛

大家都知道,忒修斯从克里特岛返程时,假装忘记在桅杆上悬挂着代表哀悼的黑帆,他父亲误以为他已身亡,便投身大海,将王位留给了他。这极具希腊特色,如同希腊人厌恶对任何怪物的神秘崇拜。

（勒勒戈斯与忒修斯的对话）

勒勒戈斯　主人，那座山丘就是我们的祖国。

忒修斯　在暮色中眺望，任何一片异乡的土地，都像那古老的山丘。

勒勒戈斯　以前，我们看着太阳在伊达山后落下，也会举杯畅饮。

忒修斯　勒勒戈斯，归来很幸福，离开也很美妙。让我们再饮一杯，为过去干杯。任何舍弃又寻回的东西，都很美好。

勒勒戈斯　在那座岛上，你从未谈起过祖国，也不曾回想许多你舍弃的东西。那时你也只是活在当下。我见你离开那片土地，就像当时离开家一样，没有回头。今晚，怎么想起过去的事了？

忒修斯　勒勒戈斯，此刻在家乡的海上，面对这美酒，我们还活着。这样的夜晚，会让人想起许多往事，虽然明天，美酒和大海也无法带给我们安宁。

勒勒戈斯　你害怕什么？你似乎并不相信自己能归来。为什么你不吩咐人降下黑帆，升起白帆？你答应过你父亲的。

忒修斯　勒勒戈斯，我们还有时间。明天再说吧。我喜欢听到同样的帆在头顶噼啪作响，就像我们身处险境时一样，而你们当时谁也不知道，我们还能回来。

勒勒戈斯　忒修斯，你知道吗？

忒修斯　差不多知道……我的斧子从不会失手。

勒勒戈斯　你今天说话，为什么有些迟疑？

忒修斯　我没有迟疑。我在想那些我不认识的人，那座大山，还有我们在岛上的经历。我在想王宫里的最后日子，有很多广场的宫殿，士兵们称我为"公牛王"，你记得吗？在那座岛上，人会变成自己杀死的东西。我开始理解他们了。后来，他们告诉我，在伊达山的森林里，有神灵的洞穴。神灵在那里诞生，也在那里死去。勒勒戈斯，你明白吗？在那座岛上，神灵像野兽一样被杀死，而杀死神灵的人会成为神。那时，我想登上伊达山……

勒勒戈斯　远离家乡，人就有了勇气。

忒修斯　他们还告诉我们一些难以置信的事。他们的女人，那些高大的金发女子，早晨会在王宫的露台上晒太阳，夜晚就会登上伊达山的草地，拥抱树木、野兽。有时她们会留在山上。

勒勒戈斯　在那座岛上，只有女人才有勇气。忒修斯，你知道的。

忒修斯　我只知道：我更喜欢织布机前的女人。

勒勒戈斯　但在那座岛上没有织布机，所有东西都从海上买来。你让那些女人怎么办呢？

忒修斯　别去想那些在日光下成熟的神，别在树干和大海中寻找神灵，别去追逐公牛。起初，我以为错在那些父亲身上——那些精明的商人，穿着像女人一样的衣服，他们喜欢看年轻人在公牛背上翻腾。但事实并非如此，不全是这样，这是血脉的问题。伊达山曾经只有女神。那位女神,她是太阳、树干、大海。在她面前,其他神灵和凡人都受到压制。当一个女人逃离男人,投入太阳、野兽之中,这不是男人的错。这是败坏的血脉,是混乱。

勒勒戈斯　只有你能这么说,你是在说那个异乡女子吗?

忒修斯　也包括她。

勒勒戈斯　你是主人,你做的一切,在我们看来都是对的,但我们觉得她似乎很顺从、温和。

忒修斯　勒勒戈斯,她太温顺了。温顺得像草,或者大海。你看着她,就明白她会顺从你,甚至感觉不到。就像伊达山的草地,你手握斧头深入其中,但终有一刻,寂静会将你淹没,你不得不停下脚步。那像潜伏野兽的喘息,就连太阳和风,似乎也在伺机而动。人无法与女神抗争,无法和土地,还有那种寂静抗争。

勒勒戈斯　我和你一样清楚这些事。但那个异乡女子把你从迷宫中救了出来，她为你离开了家。这不是血脉好坏的问题，那个异乡女子为了追随你，抛弃了她的神。

忒修斯　但她的神并没有抛弃她。

勒勒戈斯　你不是说他们在伊达山上屠神吗？

忒修斯　弑神者会成为新的神。哦，勒勒戈斯，你可以在洞穴里屠杀神、公牛，但流淌在血液里的神性，是杀不死的。阿里阿德涅也是那座岛上的血脉，我了解她，就像了解公牛一样。

勒勒戈斯　忒修斯，你做得太残忍了。那个可怜的女人醒来后，会说什么呢？

忒修斯　哦，我知道。也许她会哭喊，但这不重要。她会呼唤她的祖国、家人，还有神。她不缺土地和太阳。对她来说，我们这些异乡人，已经什么都不是了。

勒勒戈斯　主人，她很美，由土地和太阳构成。

忒修斯　而我们只是凡人。我肯定，会有某位神——一位温柔、飘忽又悲伤的神，已经品尝过死亡的滋味，伟大的女神曾把他抱在怀里，会去安慰她。会是一棵树、一匹马、一只羊？会是一片湖泊，还是一朵云？在那片海上，一切皆有可能。

勒勒戈斯　我不明白，有时你说话就像个做游戏的孩子。你是主人，我们听你的。但有时候，你又显得年老而残忍，那座岛似乎在你身上留下了某些印记。

忒修斯　这也有可能。勒勒戈斯，人会变成自己杀死的东西。你没意识到这一点，但我们来自远方。

勒勒戈斯　难道家乡的葡萄酒也不能温暖你吗？

忒修斯　我们还没到达家乡呢。

家族

众人皆知阿特柔斯家族遭遇的悲惨变故、死亡。在此只需回顾几件事:坦塔洛斯生下珀罗普斯;珀罗普斯育有堤厄斯忒斯、阿特柔斯两个孩子;阿特柔斯育有墨涅拉俄斯、阿伽门农;阿伽门农的儿子俄瑞斯忒斯杀死了自己的母亲。阿卡狄亚和海上的阿尔忒弥斯,在这个家族中享有特殊崇拜(想想伊菲革涅亚被父亲阿伽门农献祭的事)。撰写此事的人确信,这些事由来已久。

(卡斯托耳与波吕丢刻斯的对话)

卡斯托耳　波吕,你还记得吗?我们把她从忒修斯手中抢回来的时候。

波吕丢刻斯　真是值得回忆……

卡斯托耳　那时她还是个小女孩。我记得,在夜里追逐她时,我想着在那片森林里,她骑着忒修斯的马被我们追赶,心里该有多么害怕……我们那时真是天真。

波吕丢刻斯　现在她安全了。

卡斯托耳　现在,她拥有弗里吉亚人和达尔达尼亚人的力量,她用大海把自己和我们隔开。

波吕丢刻斯　我们也能漂洋过海。

卡斯托耳　波吕丢刻斯,我觉得够了。这不再是我们的事,现在是阿特柔斯家的事。

波吕丢刻斯　我们可以漂洋过海。

卡斯托耳　波吕,想清楚一点,别这么天真了,这不值得。让阿特柔斯家去做吧,发生的事情与他们相关。

波吕丢刻斯　但她是我们的妹妹。

卡斯托耳　我们早该知道,她不会留在斯巴达。她不是那种能幽居深宫的女人。

波吕丢刻斯　卡斯托耳,那她还想要什么?

卡斯托耳　她什么都不想要,问题就在这儿。她还是从前那个小女孩,无法认真对待丈夫或家庭。但没必要去追赶她,你看吧,总有一天她会回到我们身边。

波吕丢刻斯　不知道阿特柔斯家为了报仇雪恨,现在会有什么举动。他们可不是能忍受羞辱的人。他们的荣誉像神祇一样不可侵犯。

卡斯托耳　别提那些神灵了。他们是自相残杀的家族,从坦塔洛斯开始,他把自己的儿子摆上了餐桌……

波吕丢刻斯　他们讲的这些是真的吗?

卡斯托耳　这符合他们的风格。他们生活在迈锡尼和斯巴达的山间,戴着金面具。他们主宰着大海，却只能从狭小的洞口望向大海，他们什么事都做得出来。波吕丢刻斯，你有没有想过，为什么他们的女人，包括我们的妹妹，过不了多久，就会变得癫狂残暴，杀人或是被杀？最强大的女人，也无法避免这一点。珀罗普斯家族里，没有一个男人，没有一个不被妻子害死。假如这就是神的荣耀……

波吕丢刻斯　我们的另一个妹妹——克吕泰涅斯特拉抵抗住了。

卡斯托耳　等到最后的结局，再做定论。

波吕丢刻斯　如果你早就知道这一切，为什么还答应这门婚事？

卡斯托耳　我没答应。事情就这么发生了。每个人都会找到和他相配的妻子。

波吕丢刻斯　你这话什么意思？这些女人配得上他们？这是我们妹妹的错吗？

卡斯托耳　波吕丢刻斯，别说这些了，没人会听我们的。很明显，阿特柔斯家的人，还有他们的父辈，总是娶同一种女人。也许我们作为哥哥，也不太清楚海伦究竟是什么女人。忒修斯让我们对妹妹有所了解，在他之后，是阿特柔斯家的人，现在是弗里吉亚的帕里斯。我不禁想问：这一切难道都是巧合？她怎么总是遇到这类人？显然，她是为这些男人而生，简直是天作之合。

波吕丢刻斯　你疯了吧。

卡斯托耳　没什么奇怪的。如果珀罗普斯家的人失去理智，甚至有人丢了脑袋，那是他们自己的事。他们是海上国王的后代，足不出户，喜欢从高处发号施令。也许，他们以前见识过世界。他们的祖先——坦塔洛斯肯定见识过。但后来，他们和女人，还有成堆的黄金相伴，他们关在自己家里，生性多疑又心怀不满，做不出什么伟大之举。他们生活在一片贫瘠的土地上，靠大海滋养，成了肥胖的饕餮之徒。他们寻找强大、近乎野蛮的女人，与自己一同幽居在山上。他们一直都能找到。这有什么奇怪的?

波吕丢刻斯　我不明白,我们的妹妹和这有什么关系?你为什么说她是为帕里斯和忒修斯而生?

卡斯托耳　波吕,海伦是为他们,还是为别人而生,都不重要。我们说的是阿特柔斯家族的命运。古老的希波达弥亚,还有她的儿媳们,如果她们都像母马一样疯狂,那不是她们的错。我感觉,在那个家族的历史中,仿佛是同一个男人,一直在寻找同一个女人,而且总能找到。从俄诺玛俄斯的希波达弥亚,到我们的妹妹,她们都不得不抗争、自卫。很明显,珀罗普斯家族的男人就喜欢这样。他们自己可能都没意识到为什么,但就是喜欢这种女人。他们都很狡猾、充满血性,是贪婪的暴君。他们需要能折磨他们的女人。

波吕丢刻斯　你总提到希波达弥亚、希波达弥亚。

我也知道，希波达弥亚能驾驭马匹。但我们的妹妹和她不一样，海伦的手从未握过缰绳，那是小女孩的手。她怎么能和希波达弥亚相提并论？

卡斯托耳　波吕丢刻斯，对于女人，我们了解得并不多。我们和她一起长大，在我们眼里，她永远是那个玩球的小女孩。女人想要狂野不羁，不一定要驾驭马匹，能让墨涅拉俄斯这样的海上国王倾心就够了。

波吕丢刻斯　希波达弥亚到底做了什么可怕的事？

卡斯托耳　她对待男人像对待马一样。她说服驭手杀了她父亲，又让珀罗普斯杀了那驭手。她生下了几个杀人的孩子，引发了一场血腥的灾难。不过，她确实没离开家。

波吕丢刻斯　你之前不是说，错在珀罗普斯吗？

卡斯托耳　我是说，珀罗普斯和他家族的男人，都喜欢类似的女人。这些女人就是为他们而生的。

波吕丢刻斯　海伦既不杀人，也不教唆别人杀人。

卡斯托耳　兄弟，你确定吗？还记得我们从忒修斯手中夺回她的时候——三匹马在森林里狂奔。我们没杀人，当时就像孩童时一样，像是在玩游戏。而现在，你自己也在问，阿特柔斯家族会洒下多少血。

波吕丢刻斯　她没有教唆任何人……

卡斯托耳　你觉得，希波达弥亚教唆那驭手了吗？她对仆人微笑，说她父亲想占有她，甚至都没说自己不愿意……有时，杀人只需一个眼神。后来，弥尔提洛斯发现自己被坦塔洛斯的儿子——珀罗普斯耍了[1]，想大喊时，希波达弥

1　珀罗普斯爱上了伊利斯国王俄诺玛俄斯的女儿希波达弥亚。但俄诺玛俄斯得到神谕，若女儿出嫁，他就会死亡。于是他要求所有前来向女儿求婚的人必须与他进行战车比赛，只有获胜者才能娶他的女儿，而失败者则会被他杀死。珀罗普斯为了赢得比赛，在赛前找到俄诺玛俄斯的车夫弥尔提洛斯，承诺如果自己赢得比赛，就让弥尔提洛斯与希波达弥亚共度新婚第一夜，以此说服弥尔提洛斯帮助自己。弥尔提洛斯答应了珀罗普斯的请求，将俄诺玛俄斯战车上的青铜销子换成了蜡做的假销子。比赛中，俄诺玛俄斯的战车因销子融化而失控，他也因此丧生，珀罗普斯赢得了比赛和希波达弥亚的婚姻。然而，珀罗普斯在赢得比赛后反悔了，他没有兑现（转下页）

亚只对丈夫说了句："他知道俄诺玛俄斯的所有事，小心点。"珀罗普斯家族的人就喜欢这种话。

波吕丢刻斯　因此所有女人都会杀人？

卡斯托耳　不是所有。有些女人会低头屈服，被生活奴役，但纺杆也能激起她们的血性。珀罗普斯家族的人杀人，也会被杀。他们要么折磨别人，要么被别人折磨。

波吕丢刻斯　我们的妹妹就只想逃走。

卡斯托耳　你真这么觉得吗，弟弟？想想阿特柔斯的妻子埃洛珀……

波吕丢刻斯　埃洛珀是在海里被杀的。

卡斯托耳　但在此之前，她教唆情夫去偷财宝，她就是一个被纺织逼疯的女人。她本可以在安逸

（接上页）让弥尔提洛斯与希波达弥亚共度新婚第一夜的承诺。不仅如此，当弥尔提洛斯试图向希波达弥亚求爱时，珀罗普斯十分愤怒，将弥尔提洛斯骗到海边并推下了海。弥尔提洛斯在临死前诅咒了珀罗普斯和他的后代，这一诅咒给珀罗普斯的家族带来了许多灾难和不幸，成为其家族悲剧的开端。

奢华中度过一生，和情夫一起养尊处优。但她的情夫是堤厄斯忒斯，丈夫是阿特柔斯。他们选择了她，并没放过她，把她逼疯了。珀罗普斯家族的人渴望疯狂。

波吕丢刻斯　你是说，他们会像对待通奸的女人那样，杀了我们的妹妹？她也是个放荡的女人？

卡斯托耳　波吕丢刻斯，要是这样就好了，这样就好了。不是谁想放荡就能放荡，尤其是嫁给阿特柔斯家族的人。兄弟，你不明白吗？他们的放荡表现在暴力的手臂、耳光和鲜血上。他们不知道怎么对待温顺柔弱的女人。他们需要遇到冷漠、充满杀机的眼神，那种不会垂下的眼睛。就像面具上狭小的洞口，就像希波达弥亚的眼睛。

波吕丢刻斯　我们妹妹就有这样的眼神……

卡斯托耳　他们需要残忍的处女、翻山越岭的女人。他们娶的每个女人，对于他们来说都是这样。

他们会吃掉她的孩子，杀掉她的女儿……

波吕丢刻斯　那都是过去的事了。

卡斯托耳　波吕丢刻斯，故事还会重演。

阿耳戈英雄

在科林斯卫城的神庙里，希罗杜勒在做祭司，这一点品达也曾提及。那些杀死了怪物的年轻英雄，包括雅典的忒修斯，都在女人身上遭遇了麻烦。即使故事中没有说明这一点，我们也能推测出来。欧里庇得斯在一部受人喜欢的悲剧中，用充满激情的文字，详细讲述了一位最残忍的女性——美狄亚的故事，她是一位女巫、妒妇，弑杀了自己的孩子。

（伊阿宋与墨利塔的对话）

伊阿宋　墨利塔，把窗帘拉开吧；我感觉微风把它吹得鼓起来了。像这样的早晨，伊阿宋也想看看天空。告诉我，今天的大海是什么样子？海港的水面上正在发生什么事？

墨利塔　哦，伊阿宋国王，这上面的景色真美啊。码头上挤满了人：一艘船在小船中间渐渐远去。海水非常清澈，可以看到周围的倒影。你要是能看到那些旗帜和花冠就好了。人可真多啊！有的甚至爬到了雕像上。我满眼都是阳光。

伊阿宋　你的同伴可能也来了，为他们送行。墨利塔，你看到她们了吗？

墨利塔　我不知道，我看到好多人。还有水手在向我们挥手，他们攀在缆绳上小小的身影。

伊阿宋　墨利塔，向他们挥手吧，那一定是塞浦路斯的船，他们会经过你的岛屿。带着科林斯及其神庙的威名，他们也会谈到你。

墨利塔　主人，你希望他们怎么说我呢？在那些岛屿上，有谁会记得我呢？

伊阿宋　年轻人总会被人记住。人们乐意提起那些年轻人。而诸神不是也很年轻吗？正因如此，我们都记得他们，也心生羡慕。

墨利塔　伊阿宋国王，我们侍奉他们。我也侍奉女神。

伊阿宋　墨利塔，总会有人的——也许是位客人，或是水手——会登上神庙，只为与你共度良宵，并非为了其他人。有人会把礼物留给你一个人。墨利塔，我老了，爬不上去了，但曾经在伊奥尔科斯——那时你还没出生——如果能和像你这样的姑娘在一起，翻一座山不算什么。

墨利塔　你发号施令，我们遵命……哦，船扬起了帆，全是白色的。伊阿宋国王，快来看看。

伊阿宋　墨利塔，你站在窗边看吧，我看着你看船的样子，就好像看到所有船在风中扬帆。我会在早晨颤抖。我老了,如果看下面的大海,我会看到太多东西。

墨利塔　船在阳光下倾斜,现在它行驶得多快啊!就像一只鸽子。

伊阿宋　它只到塞浦路斯。从科林斯,还有那些岛屿,如今海上有很多船只起航。然而之前这片海洋很空旷,并没有船帆的影子。我们是第一批乘风破浪的人。那时你还没出生,想想真是恍若隔世。

墨利塔　但真的难以相信,国王,那时真没人敢穿越这片海吗?

伊阿宋　墨利塔,事物总有第一次,这比危险更令人生畏。想想那山峰顶部的恐惧、回音。

墨利塔　我永远都不会去山上,但我不相信大海会让人害怕。

伊阿宋　实际上,大海并没有吓住我们。我们就在这样一个早晨启程,我们很年轻,有神保佑。我们漂洋过海,不用想明天,真是美好。后来奇迹发生了。墨利塔，那是一个更年轻的世界，白日如明亮的清晨，夜晚是一种黏稠的漆黑。一切都有可能发生。那些奇迹每次都不一样，有时是泉水，有时是怪物、人或悬崖。我们当中有人失踪，有人死去。每次靠岸都是一场葬礼。每个清晨，大海都愈发美丽、纯净。一天就在等待中度过。接着下雨了，雾霭和黑色的泡沫出现了。

墨利塔　这些事大家都知道。

伊阿宋　在一次次靠岸中，我们渐渐明白，危险并非来自大海。那段漫长的旅程让我们成长，变得更强大，无拘无束。墨利塔，我们就像神——恰恰是这一点，驱使我们做出致命的举动。我们在法希斯登陆，踏上科尔基斯人的草地。啊，那时我还年轻，关注着命运。

墨利塔　在神庙里，人们谈论你们时，都会压低声音。

伊阿宋　墨利塔，我知道，有时人们还会发笑。科林斯是座欢乐的城市。我知道,他们会说:"那老头什么时候才能停止唠叨他的神灵?反正他们和其他人一样都死了。"而科林斯想要生活。

墨利塔　伊阿宋国王,我们谈论的是那位女巫——有人认识那个女人。哦,告诉我,她是什么样的。

伊阿宋　墨利塔,每个人都认识一位女巫,除了在科林斯,那里的神庙教人们欢笑。我们这些人,无论是老人还是逝者,都认识一位女巫。

墨利塔　伊阿宋国王,但你的女巫呢?

伊阿宋　我们冲破了海洋,消灭了怪物,踏上了科尔基斯人的草地——一片金色的云朵在森林中闪耀。虽然我们都死于女巫的法术,每个人都死于女巫的魔法或激情。我们当中一个人的头颅,在一条河中被撕裂、切断。有一个人,现在成了老人——他正在和你说话——他目睹了他的孩子牺牲于狂怒的母亲之手。

墨利塔　国王，据说她没有死，她的魔法战胜了死亡。

伊阿宋　那是她的命运，我并不嫉妒。她呼吸着死亡的气息，制造着死亡。也许她回到了自己的家乡。

墨利塔　她怎么能忍心伤害自己的孩子呢？她一定痛哭流涕……

伊阿宋　我从未见她哭过。美狄亚不会哭泣。她说要追随我的那天，只是露出了一个微笑。

墨利塔　伊阿宋国王，她确实追随了你，她离开了家乡和亲人，接受了命运。你那时也像所有年轻人一样残忍。

伊阿宋　墨利塔，我那时很年轻。没人嘲笑我。但我还不知道，智慧是属于你们的，神庙的智慧，我向女神祈求不可能的东西。对于我们这些杀死恶龙、掌握金色云朵的人来说，还有什么是不可能的呢？为了变得强大，为了成为神，我们不惜作恶。

墨利塔　为什么受害者总是女人呢?

伊阿宋　小墨利塔，你来自神庙。你知道吗? 在神庙里——在你们的神庙里，男人登上那里，就是为了成为神，至少有一天、一个小时的时间享受至乐，和你们睡觉，就像你们是女神。男人总是想要和女神共眠，但他意识到，他所拥有的不过是凡胎浊骨，是你们这样可怜的女人，就像所有女人。于是他愤怒了，转而在别处做神灵。

墨利塔　我的国王，但也有人知足。

伊阿宋　是的，那些过早衰老的人，或者登上你们神庙的人。但那也是在尝试过一切之后。不是那些经历过各种岁月的人。你听说过埃勾斯的儿子吗? 那位雅典国王，他下到冥府，去劫持珀耳塞福涅[1]，最后从悬崖落海而死?

1　忒修斯是埃勾斯之子。忒修斯和朋友庇里托俄斯觊觎冥王哈得斯的妻子珀耳塞福涅，并下到冥界，却被哈得斯俘获。赫拉克勒斯出手相助，但只救出忒修斯。

墨利塔　法勒隆人谈论过他。他也和你一样是个航海者。

伊阿宋　小墨利塔，他几乎成神。他在海外找到了女人——像女巫一样，她在那致命的冒险中帮助了他。一天清晨，他把那女人遗弃在一座荒岛上。后来，他又经历了其他冒险，其他天空，他拥有安提俄珀，那位如月光般皎洁、桀骜不驯的亚马逊女战士，接着是菲德拉，如白日般明艳，而她也自杀了，然后是勒达的女儿海伦，还有其他女人。直到他试图从冥府中抢走珀耳塞福涅。只有一个女人不愿意，她从科林斯逃走了。那个弑子的女人，那个女巫，你知道的。

墨利塔　我的国王，但你还记得她，你比刚才那位国王善良。从那以后，你没有再让别人哭泣。

伊阿宋　我在科林斯学会了这一点，不再做神。墨利塔，我认识了你。

墨利塔　哦，伊阿宋，我算什么呢？

伊阿宋　一个小女人,属于大海,当老人呼唤她时,她便从神庙中走出来。你也是女神。

墨利塔　我侍奉她。

伊阿宋　在西方,有一座以你的名字命名的岛屿,有一座恢宏的女神庙。你知道吗?

墨利塔　国王,我的名字很不起眼,是他们随意给我取的。有时我会想起那些女巫美丽的名字,那些为你们哭泣的不幸女人……

伊阿宋　墨伽拉、伊俄勒、奥革、希波吕忒、翁法勒、得伊阿尼拉[1]……你知道是谁让她们哭泣吗?

墨利塔　哦,那是一位神,现在他生活在诸神之中。

伊阿宋　故事是这么讲的。可怜的赫拉克勒斯,他也曾和我们在一起,但我并不羡慕他。

1　均为和赫拉克勒斯有关的女人。

葡萄园

在迷宫的历险之后,阿里阿德涅被忒修斯抛弃。她在纳克索斯岛,被从印度归来的狄俄尼索斯收留,最终位列星空,成为星座。

（琉喀忒亚与阿里阿德涅的对话）

琉喀忒亚　阿里阿德涅，你还会哭很久吗？

阿里阿德涅　啊，你是从哪里来的？

琉喀忒亚　和你一样，从大海来。那么，你不哭了吗？

阿里阿德涅　我不再是孤单一个人。

琉喀忒亚　我还以为你们凡间女子，有人聆听时，才会哭泣。

阿里阿德涅　作为宁芙，你可真刻薄。

琉喀忒亚　这么说，他也走了？你为什么觉得他抛弃了你？

阿里阿德涅　你还没告诉我，你是谁。

琉喀忒亚　一个做了你没做的事的女人。我曾试图投海自尽。他们曾叫我伊诺。一位女神救了我。现在我是这座岛的宁芙。

阿里阿德涅　你想让我做什么？

琉喀忒亚　你这么问，说明你已经知道了。我来是要告诉你，你那位甜言蜜语、长着紫罗兰卷发的心上人，已经永远离开了。他抛弃了你，黑帆消失不见了，那是他留给你的最后记忆。事已至此，你可以奔跑、叫喊、挣扎。

阿里阿德涅　他们也抛弃了你，所以你才试图自杀？

琉喀忒亚　这次和我无关。我跟你说这些，真是不值当。你既愚蠢又固执。

阿里阿德涅　听着，海洋的宁芙，我不知道你为什么要跟我说话。你的话要么太少，要么太多。如果我想自杀，我自己就能办到。

琉喀忒亚　相信我，小傻瓜，你的痛苦微不足道。

阿里阿德涅　那你为什么来告诉我这些？

琉喀忒亚　你觉得，他为什么抛弃你？

阿里阿德涅　哦，宁芙，别说了……

琉喀忒亚　看吧，你哭了。这样至少容易些。别说话，没有用的。这样，愚蠢和傲慢就会消失。这样，你的痛苦才会展现出真面目。除非你心如刀绞,像母狗一样嚎叫,你想像一根火把一样,熄灭在海里,否则你不能说你懂得什么是痛苦。

阿里阿德涅　我的心……已经碎了……

琉喀忒亚　尽管哭吧,别说话……你什么都不知道,还有别的事情在等着你。

阿里阿德涅　宁芙,你现在叫什么名字?

琉喀忒亚　我现在叫琉喀忒亚。阿里阿德涅,听我说,黑帆已经永远消失了。这段故事结束了。

阿里阿德涅　是我的生命结束了。

琉喀忒亚　还有别的事情在等着你。你太傻了。难道你的家乡没有神灵吗?

阿里阿德涅　哪位神灵能把船还给我?

琉喀忒亚　我问的是,你认识哪位神灵。

阿里阿德涅　我家乡有座山,就连船上的人见了都心生畏惧,我们崇拜的伟大神灵,都在那里诞生。我已经向所有神灵祈祷过了,但没人帮我。我该怎么办?请你告诉我。

琉喀忒亚　你指望神灵做什么?

阿里阿德涅　我不再指望什么了。

琉喀忒亚　那么你听我说。有一位神已经行动了。

阿里阿德涅　什么意思?

琉喀忒亚　我能跟你说话,就说明有一位神已经行动了。

阿里阿德涅　你只是个宁芙。

琉喀忒亚　也许宁芙能预告一位伟大神明的降临。

阿里阿德涅　琉喀忒亚,是谁,到底是谁?

琉喀忒亚　你想的那位神明,还是那个英俊的小伙子?

阿里阿德涅　我不知道。你说呢? 我向神跪拜。

琉喀忒亚　那么你明白了。是一位新神。他是众神中最年轻的。他看见你,很喜欢你。人们叫他狄俄尼索斯。

阿里阿德涅　我不认识他。

琉喀忒亚　他出生在底比斯,他巡游世界。他是欢乐之神,所有人都追随他、赞美他。

阿里阿德涅　他很强大吗?

琉喀忒亚　他笑着就能杀人。陪伴着他的是公牛和老虎。他的生活就是一场盛宴,他喜欢你。

阿里阿德涅　他怎么会看见我?

琉喀忒亚　这谁能说得清。你可曾在海边山坡的葡萄园里待过?在大地散发着芬芳的慵懒时刻,闻到过那股舒缓而持久的香气,混合着无花果树和松树的味道?当葡萄成熟,空气中弥漫着葡萄汁的浓郁气息。你是否凝视过石榴树,那花果同存的果实?还有常春藤的阴凉、松林和打谷场,狄俄尼索斯主宰着这些地方。

阿里阿德涅　难道就没有一个足够偏僻的地方,能躲开神灵的目光?

琉喀忒亚　亲爱的,神灵就是那地方、那种寂静,就是流逝的时光。狄俄尼索斯会来,你会觉得自己像是被一阵狂风卷走,就像掠过打谷场和葡萄园的旋风。

阿里阿德涅　他什么时候来?

琉喀忒亚　亲爱的,我是来报信的。正因如此,那艘船才离开了。

阿里阿德涅　那是谁告诉你的?

琉喀忒亚　阿里阿德涅,我来自底比斯。我是他母亲的妹妹。

阿里阿德涅　在我的家乡,传说伊达山上有神灵诞生。没有凡人能登上山顶,跨越最后的树林。我们甚至惧怕山丘投下的影子。我怎么能相信你说的这些?

琉喀忒亚　小丫头,你胆子可不小。那个长着紫罗兰发卷的男人,对你来说,不就像神明吗?

阿里阿德涅　我救了他的命——这位神明。我得到了什么呢?

琉喀忒亚　你得到了很多东西。你颤抖、痛苦过,你想过死亡。你知道了什么是觉醒。现在你孤身一人,等待着一位神明。

阿里阿德涅　他怎么样?很残忍吗?

琉喀忒亚　所有神都很残忍。这有什么?每个神圣之物都很残忍，会摧毁那些抗拒的凡人。为了更彻底觉醒，你必须先沉睡。神灵不会为任何事感到惋惜。

阿里阿德涅　这位底比斯的神——你的这位，你说他笑着就能杀人？

琉喀忒亚　那些抗拒他的人，抗拒他的人都会被毁灭。但他并不比其他神更无情。对他来说，微笑就如同呼吸。

阿里阿德涅　他和凡人没什么不同。

琉喀忒亚　孩子，这也是一种觉醒。那像爱上一个地方、一条河流、一天中的某个时刻，没有哪个凡人配得上这些。神明长存，就像构成他们的东西一样。只要山羊还在松树和葡萄园间跳跃，你就会喜欢他，他也会喜欢你。

阿里阿德涅　我会像所有山羊一样死去。

琉喀忒亚　夜晚的葡萄园里，还有繁星。有一位夜晚的神明在等着你，别害怕。

凡人

赫西俄德说,克拉托斯与比亚[1]的"住所离宙斯不远",这是对在与提坦交战中,他们协助宙斯获得的奖赏。大家都知道,宙斯经常离开奥林匹斯山,还有他的诸多事迹。

---

1 在希腊神话中,克拉托斯与比亚是兄妹,均为力量和权威的象征。

（克拉托斯与比亚的对话）

克拉托斯　他离开了，行走在凡人之间。他踏上山谷间的道路，在葡萄园或海边停留。有时，他会走近一座城市的城门。没人会觉得，他是天神与主宰者。我有时会想，他想要什么，在追寻什么。我们为了将世界——田野、山峰、云朵交到他手中，历经了那么多战斗。他本可以安稳地坐在这上面。但事情并非如此，他四处游走。

比亚　这有什么奇怪的？他作为主宰者，自然可以随心所欲。

克拉托斯　他远离神山，远离我们，你明白吗？若他成为主宰者，都是因为我们这些仆人的功劳。他只需满足于世人对他的敬畏与祈祷。那些渺小的凡人，能为他做什么？

比亚　亲爱的哥哥，他们也是世界的一部分。

克拉托斯　我不知道，有些东西已经不比从前了。

我们的母亲曾说过:"他会如暴风雨般降临,四季也将随之改变。"这位神山之子只需示意,便能掌控一切。他已不同于往昔的主宰者——黑夜、大地、古老的天空或混沌。可以说,世界仿佛被割裂。以前,事情自然发生,每样事都有终结,生活是一个整体。而如今有了法则,有了意志。他成了不死的神,我们这些仆人也随之成了神。就连那些渺小的凡人,也会想到我们:他们知道自己必将死去,因而凝视着我们。到这里我能理解,这也是我们与提坦作战的原因。但他——那位在山上向我们承诺诸多恩赐的天神,却离开山峰,化身凡人,时时刻刻在人间四处游荡。我不喜欢这样。妹妹,你呢?

比亚　若他制定的法则,自己不能打破,那他还算什么主宰者?但他真的会打破吗?

克拉托斯　我不明白,但这就是事实。当时我们冲向山峰,他微笑着,仿佛已经胜利。他用简单的动作，简短几句话进行斗争。他从不表达自己的愤怒，敌人已经倒地，他却仍在微笑。他就这样压制了提坦和人类，那时我很喜欢他。他毫无怜悯。另一次微笑时，是他决定将潘多拉那个女人赐予人类，以惩罚他们偷取火种的罪行。如今，他怎会喜欢葡萄园和城市？

比亚 或许那个女人——潘多拉，并不只是灾祸。这是他的礼物，你为何不愿他因为潘多拉而喜悦？

克拉托斯 但你知道人是什么吗？他们是注定死亡的可悲生物，比蠕虫或去年凋零的树叶还要可悲，它们悄无声息地死去，但人类却知道自己的死亡，还不断提及。他们不停地祈求我们，妄图从我们这里求得一丝眷顾或关注，他们燃起篝火，正是他们从芦苇管中盗取的火。通过女人、祭品、歌声与赞美，他们让我们这些神，让我们中的某一位降临到他们中间，温柔地注视他们，甚至与他们生下孩子。你明白他们的狡猾吗，这可悲、厚颜无耻的算计？你能理解我为什么激动了吧？

比亚　母亲说过，你自己也说过，世事已经改变。神山之主降临人间，并非从今天开始。你难道忘了，他曾在一座海岛上过着漂泊的生活，在那里死去，并被埋葬，就像那时诸神的命运？

克拉托斯　这些事大家都知道。

比亚　但这并不意味着，他的举动已经失效。消逝的是曾经混沌时的主宰者，那些不用律法统治一切的神。以前人类、野兽，甚至石头都是神。发生的一切都没有名字，没有规则。正是神的逃离，幼年时流放在凡人中，吃着羊奶的亵渎之举，以及后来在山林间的成长，人类的言语与各民族的律法，痛苦、死亡与悔恨，才使克洛诺斯之子成为公正的审判者，造就了他永生、不安的头脑。你以为你帮助他打败了提坦？就像你自己说的：他战斗时，仿佛已经胜利。这个重生的孩子，成了主宰者，在人类中生活。

克拉托斯　就算如此。还是值得拥有律法。但你为什么要强调：他现在是我们所有人和神的主宰。

比亚　哥哥，你明白吗？对于一位从山上下去的神，世界不再神圣，正因如此，它才永远鲜活、丰富。人类知道受罪，他们挣扎，占有土地，他们的言语给倾听的人揭示了一些奇迹。年轻的诸神——来自混沌的主宰者，他们都行走在人间大地。即便有人仍钟情于山地、洞穴、荒蛮的天空，那也是因为人类已涉足那里，他们的声音会打破寂静。

克拉托斯　克洛诺斯之子如果只是四处走动就好了，只是依照律法，倾听并做出惩罚。但他为何沉迷享乐，也让人享乐，为何从凡人那里抢夺女人与孩子？

比亚　若你了解凡人，就会明白。他们虽是可怜的蠕虫，但他们之间的一切，充满未知与发现。

我们了解野兽、神明，但没有人，甚至我们也无法了解凡人内心深处的东西。他们之中，甚至有人敢于反抗命运。唯有与他们一同生活，为他们而活，才能品味世界的滋味。

克拉托斯　还是说品味女人的滋味，潘多拉女儿们，那些野兽的味道？

比亚　女人或野兽，并无区别。你觉得呢？她们是凡人生命最丰硕的果实。

克拉托斯　但宙斯靠近她们时，是作为神，还是兽？

比亚　笨蛋，他像凡人一样接近她们。就是这么回事。

谜题

希腊埃莱夫西斯的祭仪¹彰显了狄俄尼索斯、德墨忒尔（还有珀耳塞福涅和普路托）等神明的不朽形象，大家也喜闻乐见。然而，人们却并不乐于知道：德墨忒尔存在于稻穗、面包里；而狄俄尼索斯存在于葡萄里，流淌在美酒中。"尽情享用吧……"

1　指"厄琉息斯秘仪"。

（狄俄尼索斯和德墨忒尔的对话）

狄俄尼索斯　凡人真的很有意思。我们知道的，他们会去做。如果没有他们，我真不知道日子会怎样过下去，若没有他们的存在，我们奥林匹亚众神存在又有什么意义。

德墨忒尔　我在奥林匹斯众神出现之前就已经存在，我来告诉你吧，那时候神很孤独。那时大地上只有密林、蛇和乌龟。我们存在于土地、空气、水里。有什么办法呢？从那时起，我们就已习惯永恒存在。

狄俄尼索斯　自从有了凡人，就不再如此。

德墨忒尔　没错。他们接触过的一切都变成了时间，化成了行为、等待和希望，就连他们的死亡也意味深长。

狄俄尼索斯　他们总能够给自己和其他事物命名，甚至给我们命名，这会让生命变得丰富多彩。就像他们在山丘上种出来的葡萄园一样：最初，

> 我带着葡萄藤来到埃莱夫西斯,我从没想过,这片荒芜的石坡能变成一片美好的田园。麦田也是如此,花园也是如此。他们的辛苦劳作,他们的语言总会诞生出节奏、意义、休憩。

德墨忒尔　那么,他们讲述的关于我们的故事呢?我时常在想,我是否真是他们口中的土地女神盖亚,或是时光之神瑞亚,丰收女神库柏勒,掌管大自然的伟大母神。伊阿科斯[1],他们给我们创造出的名字,可以揭示我们自己,他们将我们从沉重、宿命般的永恒中解救出来,让我们的时日更精彩,让我们的所在更缤纷。

狄俄尼索斯　对我们来说,你一直是德墨忒尔。

德墨忒尔　谁能想到,那些可怜的凡人也有这么惊人的财富?对于他们来说,我是一座凶险、密林丛生的高山,我是云、山洞,我是那个掌管粮食,驯养狮子和公牛的女神,我是石头围墙

---

[1] 狄俄尼索斯的别名。

里的女主人，我掌管着摇篮和墓地，我是女神珀耳塞福涅的母亲。我的一切都是他们想象出来的。

狄俄尼索斯　他们也时常谈论我。

德墨忒尔　伊阿科斯，我们或许不必再帮他们了，也不用通过某种形式犒劳他们，不用在他们短暂的生命里，待在他们的身边。

狄俄尼索斯　德墨，你给予他们五谷，而我给予他们美酒。这难道还不够吗？剩下的就让他们自己来吧。

德墨忒尔　我也不知为何，但我们赋予他们的东西总是那么暧昧，像是一把双刃剑。我亲爱的特里普托勒摩斯差一点就被收割小麦的镰刀给杀死了。我听说，你也一样，你会让无辜的人血流成河。

狄俄尼索斯　如果不痛苦，那么他们就不是凡人了。他们的生命注定死去。归根到底，死亡才是他们拥有的财富，死亡迫使他们劳作，回忆过去，展望未来。德墨，你也不要认为，凡人的鲜血比滋养他们的小麦或美酒更珍贵。他们的血是那么懦弱、肮脏和猥琐。

德墨忒尔　伊阿科斯，你还年轻，你还没有意识到，凡人是在流血之中找到了我们的存在。你在世界上到处游走，死亡对你来说，就像让人振奋的酒。但你没有想过凡人在讲述我们的故事时遭受的痛苦。有多少母亲失去了自己的孩子，再也不复相见。而如今，他们对于神最慷慨的祭献，也莫过于流淌的鲜血。

狄俄尼索斯　德墨，你真认为那是祭献？你比我更清楚，之前，他们认为通过杀死祭祀的牲畜，就能够杀死我们。

德墨忒尔　你又怎么能怪罪他们呢？正因如此，我才跟你说，他们在鲜血中找到了我们。如果对他们来说，死亡是结局，也是开端，他们就是想要杀死我们，来见证我们的重生。伊阿科斯，他们活着并不快乐。

狄俄尼索斯　你这么认为吗？在我看来，他们都挺愚蠢的。或许并非如此，正因为他们是肉体凡胎，他们才要把一条生命杀死，来证明它的价值。他们的故事中，总是有生命，也有死亡，就比如说伊卡洛斯……

德墨忒尔　唉，厄里戈涅[1]那个可怜的姑娘……

狄俄尼索斯　是呀，但其实伊卡洛斯是自己找死。也许他相信自己的鲜血是酒水，他疯狂地收葡萄，把它们捣碎，把葡萄汁倒进桶里。那是第一次，在一片打谷场上，葡萄汁上布满了发酵的泡沫，篱笆、围墙和铁锹上都沾上了这种汁液，就连厄里戈涅的手也浸在里面。那么，为什么这个老糊涂鬼还要拿着他的酒去田野上，让牧人喝他的酒呢？后来这些牧民醉醺醺的，认为自己喝了毒药，他们怒气冲天，在篱笆旁

---

[1] 厄里戈涅（Erigone），伊卡洛斯之女，为酒神狄俄尼索斯所爱。酒神化为一串葡萄与她接近。厄里戈涅在她父亲死后，在义犬马伊拉的帮助下找到了父亲的坟。厄里戈涅悲痛自缢而死。雅典的少女们也都相继自缢，一直到厄里戈涅的阴魂经过追荐才得以平息。

杀了他，就像杀死一头山羊那样，把他的尸体撕烂，把他埋进土里，以为他的身体也是酒。他早知道这个结局，这就是他想得到的东西。那他女儿就应当惊讶吗？她不是也尝过酿出的葡萄酒吗？她其实也早就知道结局。然而她还能怎么办，为了成就这个故事，难道她不该把自己像一串葡萄一样，挂在阳光下面吗？没什么可悲的，凡人就是如此，他们用鲜血讲述故事。

德墨忒尔　　那你觉得这就是我们应得的吗？你刚刚也说到了，如果没有这些凡人，我们又是什么。你也知道，也许有一天，他们会厌倦我们这些神明。所以，这些鲜血——不值一提的卑微鲜血，对你来说也重要啊。

狄俄尼索斯　　那你觉得我们该赐给他们什么？不论我们做什么，到头来都成了鲜血。

德墨忒尔　　只有一个办法，你是知道的。

狄俄尼索斯　　你说……

德墨忒尔　赋予他们的死亡以意义。

狄俄尼索斯　你说的是?

德墨忒尔　教给他们真正的幸福。

狄俄尼索斯　但是,德墨,那就触及命运了,他们是凡人啊。

德墨忒尔　你听我说。总有一天,他们会自己思考。他们不再理会我们,会讲述自己的故事。他们会讲述那些战胜了死亡的人。他们中间已经有人上了天,也有人每六个月下一次地狱。他们中甚至有人能和死亡斗争,从死神手中夺回了生命……尽量理解我说的,伊阿科斯。他们会学着自主,而到那时候,我们也会回归最初的状态,变回空气、水流和土壤。

狄俄尼索斯　那么,他们的生命也就不长了吧。

德墨忒尔　傻孩子,你在想什么?这样的话,死亡也有意义了,他们也会通过死亡来重生,那时他们就不再需要我们了。

狄俄尼索斯　那么,德墨,你打算做什么呢?

德墨忒尔　告诉他们，除却死亡和痛苦，他们可以和神一样生活。但我们要告诉他们，就像麦穗和葡萄藤沉入土地之下可以获得新生：死亡对于他们来说，是一次新的生命。告诉他们这个故事，引领他们，让他们的命运和神交织在一起。

狄俄尼索斯　但他们还是会死。

德墨忒尔　他们会死，但也会战胜死亡。他们会看到鲜血之外的东西，会看到我们。他们将不再畏惧死亡，也不再需要鲜血来帮他们克服恐惧。

狄俄尼索斯　可以这么做。这会是一个永恒生命的故事。我好像有些嫉妒他们了。他们不知道命运，但会长生不死。但你也不要期待，人间不再有流血事件。

德墨忒尔　那时，他们想的只有永恒。若真如此，那么他们很可能就不再关注这富饶的土地了。

狄俄尼索斯　然而，如果麦穗和葡萄成了永恒的生命，他们人类眼中的面包和葡萄酒，又会是怎样的存在呢？它们将被视为血和肉，就像现在这样，也会永远如此。那时候，血和肉仍会成为祭品，但并非为了安抚他们对死亡的恐惧，而是为了达到等待他们的永恒。

德墨忒尔　你似乎预见了未来。你是怎么做到的？

狄俄尼索斯　只需要读懂过去，德墨，请你相信我。但我同意你所说的，这只是一个故事。

洪水

古希腊的大洪水也是在惩罚对神灵失去敬意的人类。我们知道,后来大地又因扔出来的石头繁荣起来。

（萨堤尔[1]和阿玛德里亚德的对话）

阿玛德里亚德　这次的洪水，我在想，那些凡人会怎么说？

萨堤尔　他们知道什么？他们只能承受。有人甚至希望，这场雨能带来好收成。

阿玛德里亚德　这时河流已经泛滥，冲走了树木。现在到处都是雨落在水上。

萨堤尔　他们躲在山洞里，在山上的破棚子里，他们在听雨。他们觉得，那些住在山谷里的人在对抗洪水。他们心存幻想。

阿玛德里亚德　天还没有亮，他们可以继续心怀幻想。但是明天在可怕的天光下，他们会看到大浪滔天，大山变得渺小，只露山顶在外面，他们不会躲在山洞里。他们会观看，头上顶着袋子，在那里观望。

---

[1] 古希腊神话中半人半羊的森林之神。

萨堤尔　你把他们和野兽混淆了。没有任何凡人会明白死亡，注视死亡。他们需要奔跑、思考，讲述出来，告诉幸存的人。

阿玛德里亚德　但这次不会有人幸存。他们怎么办呢？

萨堤尔　我希望他们在这里。如果他们知道，所有人都遭到审判，没人幸免，他们会狂欢庆祝。你看吧，也许他们会来找我们。

阿玛德里亚德　找我们，这和我们有什么关系？

萨堤尔　当然有关系，我们就是欢乐，就是他们的生命。他们会和我们一起寻找生活，一直到最后。

阿玛德里亚德　我不明白，我们能给他们什么生活。我们都不知道什么是死亡。我们只知道观望。观望和了解。但你说，他们不会观望，不会放弃。他们还能问我们什么呢？

萨堤尔　小山羊，很多东西。对于他们来说，我们就像野兽，兽类的出生和死亡就像树叶。他们在树枝间隐约看到我们，会觉得我们是神灵。当我们逃走、隐藏起来，我们就是在森林中延续的生命——就像他们的生命，但更加长久、丰富。他们会寻找我们，我告诉你吧，这将是他们最后的希望。

阿玛德里亚德　面对这样的洪水？他们怎么办呢？

萨堤尔　你不知道什么是希望？他们会相信，我们这些神灵身处其中的森林不会被淹没。他们全都会认为，不可能所有凡人都会消失，否则的话，出生在这个世上、认识我们会有什么意义？他们会知道，是那些伟大的神——奥林匹斯山的众神希望他们灭亡。我们和他们很像，就像那些小动物，我们是大地上的生命，唯一重要的东西。他们的四季会简化成节日，我们就是节日。

阿玛德里亚德　这很方便，给他们希望，给我们命运。但这很愚蠢。

萨堤尔　也没那么愚蠢，有一些东西会得到挽救。

阿玛德里亚德　是的,但是什么惹恼了那些大神?谁制造了这些混乱,就连太阳也遮住了脸颊?轮到他们遭殃了,我觉得他们活该。

萨堤尔　来吧,小山羊,你真的相信这些事?你不觉得,假如他们真的冒犯了生命,那只要生命本身惩罚他们就可以了,用不着奥林匹斯神发大洪水来惩罚他们?如果有人冒犯了神灵,相信我,那肯定不是他们。

阿玛德里亚德　但还不是轮到他们死。明天,当他们知道发生了什么事,他们会有什么感觉?

萨堤尔　小山羊,你听洪水的声音。明天,我们也会在水下。你爱看热闹,明天可有你好看的。幸亏我们不会死。

阿玛德里亚德　有时候,我不知道。我会想死亡到底是怎么回事,这是唯一我们缺少的东西。我们无所不知,但我们不知道这么简单的事。我想尝试一下然后醒来,这样就明白了。

萨堤尔　听我说。死亡正是这样:你不知道自己已经死了。大洪水就是这样：很多人会死去，没有任何人会知道发了大洪水。他们会来找我们，让我们拯救他们，他们想和我们一样，像树木、石头一样，像那些没有知觉的东西。这纯粹是命运。通过变成这些东西，他们得以幸存。等大水退了，石头、树干会重新浮现，就像之前一样。凡人不会想，这些和之前一样。

阿玛德里亚德　奇怪的人。他们对待命运、未来，就像对待过去。

萨堤尔　这就意味着希望，把命运称为记忆。

阿玛德里亚德　你觉得，他们会真的变成石头和树木？

萨堤尔　他们会编织童话，这些凡人，他们会生活在未来。今夜和明天的恐惧会让他们产生各种幻想。他们会是野兽、岩石和树木。他们会是神灵，他们敢于杀死那些神灵，就是想看看他们会不会重生。他们会给自己一个过去，来躲避死亡。只有这两件事——希望或命运。

阿玛德里亚德　如果事情是这样，我不知道怎么同情他们。用这种放肆的方式自作自受，也很有意思。

萨堤尔　是很有意思。但你不要以为他们会任性。那些最神奇的拯救方式，是他们盲目找到的，当他们被命运死死抓住，踩在脚下时，他们没有时间任性，只会用生命偿还。这一点是真的。

阿玛德里亚德　这场大洪水，至少会教给他们什么是游戏和节日。我们这些神仙的任性，是命运赋予的，我们知道这一点。为什么他们没有学会恣意地生活，就像那是他们可怜生命的永恒瞬间？为什么他们不明白，正是他们生命的易逝，让这一切变得珍贵？

萨堤尔　小姑娘，我们不能拥有一切。我们知道这些，感觉很平淡，没什么偏爱。他们生活的每个瞬间都是唯一的、难以预料的，他们并不知道其中的价值。他们想要像我们一样永生。这就是人世。

阿玛德里亚德　明天,他们也会明白有些事。那些石头、土地有一天会浮出水面,他们不会只带着希望或痛苦生活。你会看到,即使是在那些最平凡易逝的凡人身上,新世界也有某种神性。

萨堤尔　小山羊,希望神会这样安排,我也希望这样。

缪斯

庞大的主题。写作的人知道他们很冒昧，望见九个缪斯，会觉得她们是一个神，或者九个，或者只有三个，或者两个——缪斯和卡里忒斯[1]。但他们对此很肯定，就像对其他事一样确信。在我们所处的这个世界，母亲通常是女儿，或者相反。我们也可以验证这一点。但这有必要吗？我们更喜欢让阅读的人享受这个事实：按照希腊人的习惯，想象和回忆的节日，总是在山上举行，准确来说，是在山丘上举行，那些居民逐渐移居到半岛上，这些习俗也得到了更新。

1　希腊神话中美惠三女神，常与缪斯联系在一起。

(谟涅摩叙涅和赫西俄德的对话)。

谟涅摩叙涅[1]　总的来说，你并不高兴。

赫西俄德　我告诉你，如果我想到过去一件事，想到过去的季节，会感觉很不高兴。但在平常的日子里，一切都不一样。我对劳作，对眼前的事物感到厌烦，就像喝醉时的感觉。这时我就会停下来，到山上。在这里，我想一想，感觉又会重新高兴起来。

谟涅摩叙涅　事情会一直这样。

赫西俄德　你知道所有事情的名字，我的这种状况，应该如何称呼？

谟涅摩叙涅　你可以用我的，或者你的名字来称呼。

赫西俄德　墨勒忒[2]，我的名字是凡人的名字，根

---

[1] 谟涅摩叙涅，希腊神话里司记忆、语言、文字的女神，十二提坦之一。依据赫西俄德《神谱》，她是乌拉诺斯和盖亚之女，和宙斯结合生下九位缪斯。在罗马她被称为摩涅塔（Moneta）。

[2] 在文中是赫西俄德对谟涅摩叙涅的一种称呼变体，原意为"沉思""练习"，在神话中有时被视为缪斯之一。

本不值一提。你想要凡人如何称呼你？每一次他们呼唤你时，名字都不一样。你就像一个母亲，在岁月中遗失了名字。在人们家里、小路上、在能看见大山的地方，人们经常谈论你。人们说，你待在最难以企及的高山上，那里有积雪、树木、怪兽。在色雷斯或色萨利，他们称你为"缪斯"，其他人称你为"卡利俄珀"或"克利俄"。你真正的名字是什么？

谟涅摩叙涅　我的确来自那里，我有很多名字。如果我继续向前走，还会有其他名字……阿格莱亚、埃革莫涅、法厄娜，按照那些地方人们的想象。

赫西俄德　你也觉得这人世很厌烦吗？难道你不是神吗？

谟涅摩叙涅　亲爱的，没有厌烦，就没有神。我喜欢这座山——赫利孔山[1]，也许是因为你经常

---

[1] 希腊神话中缪斯女神们居住的地方，常被视为诗歌与灵感的源泉。

来这里。我喜欢待在有人的地方，但也会找一个僻静的地方。我不寻找任何人，我会和那些擅长说话的人交谈。

赫西俄德　噢，墨勒忒，我不擅长说话。只有和你在一起时，我才觉得自己知道一些事。在你的声音里，在你那些名字里，有过去的记忆，有我记得的每个季节。

谟涅摩叙涅　在色萨利，我的名字是"谟涅墨"。

赫西俄德　有人谈论你，说你像乌龟一样老，风烛残年，非常无情。有人会觉得你是一位青春年少的宁芙，就像花朵、云彩……

谟涅摩叙涅　你怎么认为？

赫西俄德　我不知道。你是卡利俄珀[1]，是谟涅墨。你的声音、目光是永恒的。你就像一座山丘或者一段流水，你不会去问：山丘或流水年老还是年轻。因为对于它们来说，不存在时间。它

1　缪斯女神之一，主管史诗。

们只是存在。我们不知道其他东西。

谟涅摩叙涅　但亲爱的，你也存在，对于你，存在意味着不满和厌烦。在你的想象中，我们这些神灵的生活是怎样的？

赫西俄德　谟涅墨，我不会想象，我崇拜神灵，清除杂念，用心去崇拜。

谟涅摩叙涅　继续说吧，我喜欢你说的。

赫西俄德　我已经说完了。

谟涅摩叙涅　我了解你们，你们这些凡人总是欲言又止。

赫西俄德　在神灵面前，我们只能低头。

谟涅摩叙涅　别说那些神灵了。我存在时，还没有他们，你可以跟我畅所欲言。人们会对我讲述一切事。如果你愿意，你可以崇拜我们，但请告诉我，在你的想象里，我是如何生活的？

赫西俄德　我怎么能知道呢？我配不上任何女神的床笫。

谟涅摩叙涅　笨蛋，世界有了四季，那些时光已经过去。

赫西俄德　我只熟悉我劳作的田野。

谟涅摩叙涅　牧羊人，你很高傲，有着凡人的傲慢，但你注定要知道其他事。你告诉我，为什么和我交谈时，你会觉得幸福？

赫西俄德　这我可以回答你。你说的那些事，本身并不让人厌烦，没有日常的厌倦。你赋予那些事物名字，让它们变得不同、闻所未闻，但同时又让人感觉熟悉、亲切，就像以前一直沉默的声音。那就像忽然在一面水中看到自己，让人忍不住说："这男人是谁啊？"

谟涅摩叙涅　亲爱的，你有没有在看到一棵树、一块石头、一个举动时，感受到同样的激情？

赫西俄德　我遇到过这样的事。

谟涅摩叙涅　你知道为什么吗？

赫西俄德　墨勒忒，那只是一瞬间就过去了。我怎么能让它停下来？

谟涅摩叙涅　你有没有想过，那一瞬间类似于过去很多瞬间,会让你忽然很幸福,像神一样幸福?你看看那棵橄榄树——小路上的橄榄树,很多年来,你在那条小路上走了无数次。有那么一天,厌烦离开了你,你用目光抚摸着那棵树,就像那是重逢的老朋友。它会告诉你,你心里一直等待的那句话。有时你的目光落在了一位路人身上,有时是下了几天连绵雨,是一只小鸟悦耳的叫声,或者是一片你见过的云彩,有那么一瞬间,时间停止了,那件普通的事情让你觉得:好像之前和之后都不存在。你没问过为什么吗?

赫西俄德　你自己也那么说。那个瞬间让事情变成了记忆、故事。

谟涅摩叙涅　你不觉得,整个人生都是由这些瞬间组成的吗?

赫西俄德　我是可以这么想。

谟涅摩叙涅　因此,你知道如何生活。

赫西俄德　谟涅墨,我相信你,因为你把一切都写在眼睛里。很多人叫你"欧忒耳佩"[1]，这并不让我觉得惊异。但那些凡人的瞬间并不是生活。假如我想要重复这些瞬间，我会失去生活的精髓，失去那朵花。厌烦总是会回来。

谟涅摩叙涅　我已经说了，那个瞬间是一段记忆。记忆除了是重复的激情，还能是什么？你要尽量理解我说的。

赫西俄德　你想说什么？

谟涅摩叙涅　我想说，你知道什么是神灵的生活。

赫西俄德　我和你交谈时，很难抵御你。你看到了事情的开始，你是那棵橄榄树，是那道目光、那朵云彩。你说出一个名字，它会变成永远。

谟涅摩叙涅　赫西俄德，我每天都在山上看见你。在你之前，我在这座山上，在色雷斯和皮埃里亚幽深的河水边上，也见过其他人。但我更喜欢你，你知道，神灵距离你们两步之遥。

---

[1] 缪斯女神之一，主管音乐和抒情诗。

赫西俄德　这不难知道。但是触碰到神灵,这很难。

谟涅摩叙涅　赫西俄德,需要为之生活。这就意味着,要有纯粹的心灵。

赫西俄德　听你说话,当然要有纯粹的心灵。但人们的生活在山下、在房子间、在田地里、在灶火前,也在一张床上展开。每天一开始,就要面对同样的辛苦、匮乏。谟涅墨,根本上来说,那是一种折磨。有一种暴风雨,可以让田野焕然一新,无论是死亡还是巨大的痛苦,都不会让人失去勇气。但无尽的辛劳,一天一天让自己活下去,其他人作恶的消息,那些琐碎平庸的恶,就像夏日的苍蝇一样让人讨厌。谟涅墨,这就是让人步履沉重的生活。

谟涅摩叙涅　我来自更黑暗的地方,来自烟雾弥漫、荒无人烟的悬崖,那里也有生活展开。在这些橄榄树中间、这片天空下,你不知道那种命运。你从来都没有听说过那片沼泽吗?

赫西俄德　没有。

谟涅摩叙涅　那是一片雾气笼罩的田野,到处都是泥潭和芦苇,就像时间开始之时,那里笼罩着无边的寂静,滋生了神灵和怪物,他们会排便,会流血。到现在,那些色萨利人还会提到这些事。那里时间不会流动,也没有四季。没有任何声音抵达那里。

赫西俄德　但是,谟涅墨,你提到了那里,使之成为神圣之所,你的声音抵达了那里。现在那是一个神圣、可怕的地方。赫利孔山的橄榄树和天空,不是生活的所有。

谟涅摩叙涅　厌烦也不是生活的所有,回到家里也不是。人——任何人都产生于那个血水的沼泽,你不明白吗?神圣也伴随着你们,在床上、在田野中,面对篝火时。你们做的每件事,都在重复一个神圣的模板。日日夜夜,你们没有一个瞬间,即使是最易逝的瞬间,能流露出源头的寂静。

赫西俄德　谟涅墨,你在言说,我无法抵御你,至少希望崇拜你就可以了。

谟涅摩叙涅　亲爱的,还有另一种方式。

赫西俄德　什么方式?

谟涅摩叙涅　试着告诉凡人你所知道的。

诸神

"朋友,这座山一片荒芜。去年冬天残留的红色草丛中,仍有斑斑积雪,看上去就像半人马的皮毛。这一带的山丘都是这样。这片乡野,很容易就会变回神话发生时的模样。"

"我在想,人们是不是真的看到了那些神。"

"谁能说得清呢?当然,他们肯定看到了。他们说出了诸神的名字——这就是传说与现实的全部区别。'那是某某神','他做了这件事,说了那些话'。那些想要追求真相的人,也只能满足于此。他不会想到,别人可能不会相信他。我们这些从未见过这些事的,才是说谎的人,然而我们却很熟悉半人马的皮毛,或伊卡洛斯打谷场上,葡萄串的颜色。"

"只需一座山丘、一个山巅、一片山坡，只要是个偏僻之地，你的目光顺着山向上看，最后望向天空。即便在今天，风中那些不可思议的轮廓依然触动我心。就我而言，我相信从一开始，天空映衬下的一棵树、一块岩石，从一开始可能就是神。"

"山上不是一直都在发生这些事。"

"可以理解。最初是大地的声音——泉水、根茎、蛇。如果魔鬼将天地相连，那它一定是从大地的黑暗中出来。"

"我不知道。那些人知道得太多了。他们用一个简单的名字，就能说出云朵、森林与命运。他们肯定看到了我们略有所知的东西。他们既没有时间，也没有兴趣迷失在幻想里。他们看到了可怕、难以置信的事，却并不惊讶，他们知道那是什么。如果那些人说了谎，那么你说'早晨来了'或'天要下雨了'时，也一定是疯了。"

"他们说出了名字，这是真的。我有时甚至会想，究竟是先有事物，还是先有那些名字。"

"相信我，它们是同时出现的。就在这里，在这荒芜、孤寂的地方，他们来到这上面，这有什么奇怪的？在这里，除了与诸神相遇，那些人还能追寻什么呢？"

"他们为什么在这里停留，这谁能说得清？但在每个被遗弃的地方，都留存着空虚、期待。"

"在这里，我们想不到别的。这些地方永远都有名字，天空下只有青草，微风的气息能唤起比林中一场暴风雨更强烈的记忆。这里既没有空虚，也没有期待。过去发生的事，会永远存在。"

"但他们都已死去，并被埋葬。如今这些地方，就和他们到来之前一样。就算我承认你的看法——他们说的都是真的，那还剩下什么呢？你会承认，如今在路上已遇不到神了。当我说'早晨来了'或'天要下雨了'时，我说的不是他们。"

"今晚，我们谈到了他们。昨天，你说起夏天，还有傍晚呼吸的温热气息让你产生的渴望。有时你会谈论男人、和你在一起的人、你过去的喜好，还有一些不期而遇的事，都是曾经发生过的。我向你保证，我听你说这些，如同在内心重新听到那些古老的名字。当你讲述你所知道的事，我不会问你'还剩下什么'，也不会纠结是先有言语，还是先有事物。我与你一同生活，感觉自己活着。"

"相信过去发生的事是真的，生活会很难。昨天，雾气笼罩着这片荒地，几块石头从山坡滚到我们脚下，那时我们没想过诸神，也没想过那些不可思议的相遇，只是想着夜晚，还有逃跑的野兔。我们是谁？相信什么？会在艰难时刻、在不安中显现出来。"

"我们回到家中，和朋友谈起这个夜晚，以及那些野兔，这一定会很美好。然而，当我们想到，过去那些人的痛苦，他们遭遇的一切都很致命，那种恐惧会让我们微笑。对于他们来说，夜晚的风中充满了恐惧、神秘的威胁，还有可怕的回忆，想想恶劣的天气或地震就知道了。如果这种不安是真实的，那毋庸置疑，勇气、希望、对自身力量的惊喜发现,以及对相遇的期待,也同样真实。就我而言,他们讲述夜间的恐惧,以及期待的事,我永远都愿意倾听。"

"那你相信那些怪物、半人半兽的生物、有生命的石头、神灵的微笑,还有能带来毁灭的语言吗?"

"我相信每个人期待、遭受过的一切。如果以前他们登上这些满是石头的山峰,或在天空下寻找那片致命的沼泽,那一定是因为,他们在那里找到了我们所不知道的东西,那不是面包、快乐,也不是宝贵的健康。这些东西,我们知道在哪里能找到。它们不在这儿。我们这些远离海边或田野的人,已经失去了另一样东西。"

"那你说说,是什么东西。"

"你已经知道了,是那些相遇。"

附录1:帕韦塞写作笔记

帕韦塞在1946年2月27日的笔记中,对《与琉喀对话》的部分主题有所揭示:

《朋友》(童年和救赎)

《母亲》(悲剧的童年)

《家族》(家庭命运)

《阿耳戈英雄》(性与命运)

《海沫》(悲剧的性)

《野兽》(睡眠:天神与性)

《悲痛欲绝者》(摆脱性)

《缪斯》(天选之人)

《花朵》(压制与诗歌)

《山》(战斗)

《喀迈拉》(失败)

《云》(大胆与失败)

《女巫》(人难以窥测的事)

附录2:帕韦塞生平简表

1908

9月9日生于意大利皮埃蒙特大区,库内奥省圣斯特凡诺-贝尔博镇。父亲欧金尼奥是法院文书,母亲是康索利娜·梅斯图里尼。

1914

在圣斯特凡诺镇开始上小学。父亲去世。

1915—1926

在都灵上小学、初中、高中。意大利语和拉丁语老师是奥古斯托·蒙蒂(Augusto Monti)。

1926—1929

在都灵大学文学与哲学系学习:热情研读古典文学和英语文学,常与蒙蒂朋友圈子的人来往;开始接触美国文学,憧憬着能获得奖学金,去美国哥伦比亚大学进修,但后来没能如愿;结识了当时的其他文人学者:弗朗科·安东内利(Franco Antonicelli)、朱利奥·卡罗·阿尔甘(Giulio Carlo Argan)、维托里奥·福阿(Vittorio Foa)、卢多维科·盖莫纳特(Ludovico Geymonat)、朱利奥·伊诺第(Giulio Einaudi)。

1930

大学毕业,论文以沃尔特·惠特曼为研究对象,在导师费尔迪南多·内里(Ferdinando Neri)的指导下完成,但毕业后没能在大学获得助理职位。在都灵几所学校做代课老师,开启了最初的翻译工作,为 Bemporad 出版社翻译了当年诺贝尔文学奖得主辛克莱·刘易斯的《我们的雷恩先生》(*Our Mr. Wrenn*)。开始撰写小说和诗歌。11月:母亲去世。

1931—1932

继续在学校代课;开始撰写随笔、诗歌、小

说，翻译文学作品。1月：受出版人费德里科·真蒂莱（Federico Gentile）委托翻译赫尔曼·梅尔维尔的《白鲸》，该书于1932年由都灵新成立的Treves-Treccani-Tumminelli出版社出版，对意大利文坛影响深远。2月：他将创作的二十个短篇以《你好，马西诺》为题结集（该书于1968年作为遗作出版）。在《文化》（«La Cultura»）杂志上发表了关于美国作家辛克莱·刘易斯、舍伍德·安德森和埃德加·李·马斯特斯的评论文章。

1933

在《文化》杂志上发表了三篇关于约翰·多斯·帕索斯、西奥多·德莱塞和沃尔特·惠特曼的文章。加入国家法西斯党，从而获得了第一份在高中代课的工作。11月："朱利奥·伊诺第出版社"注册成立。

1934

Frassinelli出版社出版了他翻译的詹姆斯·乔

伊斯的《代达洛斯》(即《一个青年艺术家的画像》);诗集《工作使人疲惫》(*Lavorare stanca*)结集成册。5月:他接替因革命活动被捕的莱昂内·金兹堡,担任《文化》杂志主编,直至1935年1月。

1935

Mondadori 出版社出版了他翻译的约翰·多斯·帕索斯的小说《北纬四十二度》。与共产党人、教师——巴蒂斯蒂娜·皮扎尔多(蒂娜)(Battistina Pizzardo / Tina)恋爱。5月:在《文化》杂志编辑部被捕,关在都灵"新监狱"。7月:转押至罗马一处监狱;被判处流放三年,流放地为南部的布兰卡莱奥内,8月3日抵达该地。

1936

3月:获得赦免,结束流放;19日回到都灵,得知蒂娜已与他人订婚,并准备结婚,这对他打击很大。

1937

恢复了与伊诺第出版社的合作,给他带来了活力和希望。他还为 Mondadori 出版社翻译了帕索斯的《赚大钱》(*The Big Money*),以及约翰·斯坦贝克的《人鼠之间》。他写了许多短篇小说和抒情诗,即后来的《失爱集》(«Poesie del disamore»)。

1938

为伊诺第出版社完成了丹尼尔·笛福的《摩尔·弗兰德斯》以及格特鲁德·斯泰因的《爱丽丝·托克拉斯自传》的翻译,同年出版。5月1日,正式受雇于出版社:翻译(多达 2000 页)、审校他人的翻译、阅读未出版的作品,并进行各类编辑工作。他还写了一些小说。

1939

为伊诺第出版社完成了狄更斯的《大卫·科波菲尔》的翻译,同年出版。4月:完成小说《两季回忆录》(*Memorie di due stagioni*，后改名为《监狱》)的草稿。6—8月：创作小说《你的家乡》。

1940

在编辑工作之余，为伊诺第出版社翻译梅尔维尔的《本尼托·塞雷诺》以及格特鲁德·斯泰因的《三种生活》。3—5月：创作中篇小说《帐篷》(*La tenda*，1949年改名《美丽的夏天》[*La bella estate*] 和另外两部中篇小说结集出版)。

1941

在《今日书信》(«Lettere d'oggi»)上连载短篇小说《海滩》(*La spiaggia*)。5月：《你的家乡》(*Paesi tuoi*)出版，标志着他作为小说家登上文坛。

1942—1944

帕韦塞在伊诺第出版社的作用日益重要，虽然他并非正式主编(朱利奥·伊诺第在战争结束后正式让他担任这一职位），但实际上他一直履行这一职责。1943年春天，他在伊诺第出版社罗马分社工作，与马里奥·阿利卡塔（Mario Alicata）、安东尼奥·焦利蒂（Antonio Giolitti）和卡洛·穆塞塔（Carlo Muscetta）工作。12月，他在特雷维索带补习班，直到1945年4月25日。

1945

战后，都灵伊诺第出版社重新开始办公。他在出版社负责各种工作。8月，他搬到罗马，负责分社的工作。

1946

在罗马工作，推出新的系列丛书，提出一些出版主题，包括桑托雷·德贝内代蒂（Santorre Debenedetti）与意大利经典著作、弗朗科·文图里（Franco Venturi）与历史学、德·马蒂诺（Ernesto de Martino）与民族志。8月：回到都灵。11月：小说集《八月节》（*Feria d'agosto*）出版。

1947

《与琉喀对话》出版（创作于 1945 年 12 月至 1947 年 5 月之间），还出版了《同志》(*Il compagno*)，以及他翻译的罗伯特·亨里克斯（Robert Henriques）的《史密斯船长》(*Captain Smith and Company*)。撰写约瑟夫·康拉德的《阴影线》的引言。

1948

推出与恩内斯托·德·马蒂诺（Ernesto de Martino）共同编辑的"宗教、心理学研究丛书"。6—10 月：创作《山上的魔鬼》。

1949

3—5 月：创作中篇小说《在孤单的女人中》(*Tra donne sole*)。11 月：《美丽的夏天》出版，其中包括同名小说《美丽的夏天》，以及《山上的魔鬼》《在孤单的女人中》。9—11 月：创作《月亮与篝火》。

1950

4月:《月亮与篝火》出版。经历感情危机,对方是美国女演员康斯坦丝·道灵(Constance Dowling),他为其写了许多诗歌。8月:因《美丽的夏天》获斯特雷加奖。8月26日晚,在都灵火车站附近的"罗马宾馆"自杀。

本书部分篇章曾在《世界文学》2020年6月刊(总第393期)发表:

《海沫》《山》《花朵》(张文斐译,陈英校)

《道路》《朋友》(刘斯璇译,陈英校)

《岛屿》《篝火》(邓阳译,陈英校)

《女巫》《谜题》(李书竹译,陈英校)

本书译者对这些篇章有进一步修订。